120 ans plus tard

François LIBRINI

Junior

Merci à Fabrice et Isabelle Féry, Annick Librini
et Marie Racine pour leur précieux soutien.

Merci également à Pierre Bonnaud
pour ses conseils linguistiques
et à Didier Pol pour son éclairage scientifique.

CHAPITRE 1

C'était une sensation nouvelle pour Alexandre. Jamais auparavant il n'aurait cru qu'une telle obscurité puisse exister. À peine distinguait-il le portail de son jardin à trois mètres de lui. Ce silence aussi… Son oreille n'y était pas encore habituée. Ce sentiment d'habiter maintenant au bout du monde l'angoissait autant qu'il apaisait ses sens.

Tapi derrière son arbre, il scrutait imperturbablement le chemin.

C'était sa troisième nuit consécutive de guet. La veille, il avait abandonné à deux heures du matin. À regret, car le lendemain, une nouvelle enveloppe se trouvait dans la boîte aux lettres.

Cette fois, il était décidé à attendre jusqu'à l'aube s'il le fallait.

Lorsque la lune apparaissait derrière les nuages, l'obscurité se faisait moins profonde. Tantôt rassurantes, ces éclaircies pouvaient aussi laisser surgir des formes étranges, inquiétantes... Au moindre craquement de branche, au moindre bruissement de feuilles, Alexandre sursautait immédiatement.

Puis soudain, un de ces craquements se répéta, s'amplifia. Alexandre tendit l'oreille...

Non, il ne se trompait pas. C'était un bruit de pas. Peu à peu se dessina une silhouette humaine imposante qui s'approchait lentement.

Alexandre retenait sa respiration...

L'homme était maintenant tout près de lui, presque à portée de bras. Il le vit fouiller dans sa poche pour en sortir un petit rectangle blanc qui luisait dans l'obscurité. Un claquement métallique, et l'objet disparut dans la boîte aux lettres.

Alexandre était transi de peur. Mais c'était le moment ou jamais pour intervenir. Ses deux nuits d'attente vaine le décidèrent à passer à l'action. Il alluma sa lampe torche et en dirigea le faisceau lumineux vers le visage de l'intrus, qui poussa un cri de surprise. Ce que vit alors Alexandre lui glaça le sang. L'homme, entièrement vêtu de noir, était cagoulé ! À la manière d'un gangster, ou de l'un de ces superpoliciers que l'on voit dans les films.

Pris sur le fait, l'homme à la cagoule s'enfuit en courant et disparut dans l'obscurité d'où il avait surgi.

Échec total de la mission d'Alexandre. Il ne savait toujours pas qui était ce mystérieux individu qui adressait à sa famille des lettres anonymes.

Fébrilement, il ouvrit la boîte aux lettres et sortit l'enveloppe qu'il décacheta pour en lire le contenu à la lueur de sa lampe torche. Contrairement aux précédents, ce message avait été écrit au stylo. En lettres majuscules, comme si son auteur avait voulu enlever à son écriture toute personnalité : « SOYEZ RAISONNABLES, QUITTEZ LE VILLAGE. »

CHAPITRE 2

Un rayon de soleil passa par la fenêtre de la chambre, et Alexandre sortit doucement du sommeil. Il resta un moment sous sa couette, enlisé dans une douce torpeur. Peu à peu, les événements de la veille lui revinrent en mémoire. L'attente dans la nuit, les bruits de pas, l'homme à la cagoule, la lettre…

Un coup d'œil à son radio-réveil : presque onze heures ! Lentement et péniblement, il sortit de son lit, traversa le couloir et descendit les escaliers sur la pointe des pieds. Sa mère avait travaillé de nuit, elle devait encore dormir. Le cliquetis de clavier provenant du bureau de son père témoignait d'une activité intense. Avant de se préparer un bol de chocolat, Alexandre alla remplir la mission qui lui était dévolue quotidiennement en période de vacances : relever le courrier.

— Bonjour papa ! Voilà le courrier !

— Bonjour Alexandre. Des choses intéressantes ?

— De la pub, EDF, une carte de Jeanne et... ce que tu sais...

— Encore une ! Et qu'est-ce qu'il nous raconte aujourd'hui, ce mystérieux inconnu ?

— Lis toi-même.

Monsieur Guérini prit l'enveloppe, en sortit le message et le lut à voix haute, d'un air amusé, insistant bien sur chaque syllabe :

— « SOYEZ RAISONNABLES, QUITTEZ LE VILLAGE. » Hum... Il progresse, notre ami. Maintenant, il prend la peine d'écrire au stylo. Et puis, ce message est quand même moins agressif que les précédents !

— Papa, ça n'a pas l'air de t'inquiéter, tout ça.

— Écoute, Alexandre, ce qui nous arrive n'a rien d'alarmant. Nous débarquons tout droit de Paris pour nous installer ici, à Montbeyssoux, dans les monts du Livradois, un des coins les plus reculés de l'Auvergne ! Les gens sont toujours méfiants vis-à-vis des étrangers, surtout quand ils viennent de la capitale.

— Oui, mais de là à nous envoyer des lettres anonymes !

— Tu sais, à mon avis, il s'agit sûrement d'un mal embouché qui en aura marre avant nous. Tu verras, d'ici quelques mois, les gens se seront habitués à nous, et ce sera comme si nous avions vécu à Montbeyssoux depuis des décennies. Et puis, dans trois jours, c'est la rentrée. Au collège, tu vas te faire des tas de copains ! On finira bien par être acceptés, va !

— Mouais… mais…

— Mais quoi ?

— Je sais pas… J'ai une sensation bizarre depuis qu'on est là. J'ai l'impression que c'est pas seulement parce qu'on est des Parisiens… Je crois qu'il y a autre chose.

Monsieur Guérini esquissa un léger sourire avant de lui répondre :

— Et moi, je crois que tu as tout simplement le mal du pays. Tu regrettes Paris. Tu n'es pas encore habitué à ta nouvelle vie et tu te mets à angoisser pour pas grand-chose, c'est tout. Allez, un peu de patience ! Tout va s'arranger !

Alexandre laissa son père à son travail. Lui, ça ne le faisait pas rire du tout, ces histoires, et il admirait la désinvolture paternelle autant qu'il avait du mal à la comprendre.

Il retourna vers la boîte aux lettres, dans l'espoir d'y trouver quelque indice qui aurait pu le mettre sur la piste du mystérieux inconnu. Rien. Pas même la moindre trace de pas tant le sol était sec.

Autour de lui, des prés, des arbres, le ruisseau. Et une maison. Sa nouvelle maison, tout en pierre, seule au milieu de nulle part. Au fond d'une petite vallée, au bout d'un long chemin pentu.

« Une enclave de paradis au sein même du paradis », disait sa mère. Et elle n'avait pas tort. Cette maison contrastait tellement avec l'appartement du 17e arrondissement de Paris qu'ils avaient toujours habité...

Mais Alexandre n'avait pas tardé à la trouver lugubre, inquiétante. Apaisants au début, le silence de la nuit et l'isolement étaient peu à peu devenus angoissants. Les murs épais chargés d'histoire semblaient dire : « Alexandre, tu n'aurais jamais dû venir habiter ici ! »

Et le craquement des boiseries dans la nuit, les bruits de pas sur le toit (des mulots sans doute), la chauve-souris qui rôdait, le hululement de la chouette...

— Alexandre !

Il se retourna et vit sa mère qui marchait pieds nus dans l'herbe, en chemise de nuit.

— Bonjour maman, dit-il en l'embrassant. Bien dormi ?

— Oh oui ! Je dors toujours bien ici. C'est tellement calme !

Remarquant que son fils la regardait bizarrement, elle ajouta :

— Eh oui ! Je me balade dehors en chemise de nuit ! C'est pas le luxe, ça ? C'est pas dans les rues de Paris que j'aurais pu le faire !

Et elle se mit à courir dans l'herbe, s'arrêta sous un arbre, cueillit une mirabelle mûre à point et la mangea, avant de se précipiter vers un parterre de fleurs dont elle huma longuement le parfum.

Alexandre la regardait d'un air amusé. Visiblement, les lettres anonymes et le mauvais accueil des habitants du village ne la perturbaient pas trop, elle non plus ! Durant le repas de midi, elle ne cessa de parler de ses projets de plantations, de potager, de cueillette, alors que son mari évoquait les randonnées qu'il avait l'intention de faire dans le coin.

— Après plus de trente années passées à m'encrasser les poumons, je vais rattraper le temps perdu ! dit-il.

À la fin du repas, il déplia la carte IGN du secteur et l'observa attentivement avec son fils. Ils firent le point sur les chemins qu'ils avaient respectivement explorés, surlignant en rouge ceux qui n'étaient pas praticables et en vert ceux qui l'étaient.

— Et cette fameuse forêt de Montcoudoux ? dit monsieur Guérini. On n'y a toujours pas mis les pieds ! Un comble, car elle n'est vraiment pas loin.

— Justement, répondit Alexandre, j'avais l'intention de l'explorer cet après-midi.

— Veinard... Je ne pourrai pas venir avec toi, j'ai trop de travail...

Il replia la carte et ajouta :

— J'ai enfin réussi à supprimer la ville de mon existence. Si je pouvais aussi supprimer le boulot, ce serait le paradis !

* * *

Alexandre remplit sa gourde d'eau bien fraîche, la fixa sur le porte-bidon et enfourcha son VTT. Une fois sorti du long chemin de terre, unique voie d'accès à sa nouvelle maison, il emprunta la route départementale sur un bon kilomètre, avant de prendre un chemin qui montait dur. Il forçait sur les pédales et luttait pour ne pas mettre pied à terre. Au fur et à mesure que le sentier se rétrécissait, la pente se faisait moins raide. Il fallait se frayer un passage en évitant les genêts, en baissant la tête pour ne pas se cogner aux branches basses. Le terrain était devenu complètement plat quand, à la sortie d'un virage, apparurent trois maisons en ruines. Perdues, abandonnées au milieu des bois.

Alexandre descendit de son VTT, contempla un instant ce spectacle de désolation puis s'approcha lentement de l'une des maisons, la moins abîmée des trois. Il pénétra à l'intérieur prudemment. Les murs semblaient prêts à s'écrouler. Du toit ne restait qu'un bout de charpente rongé par l'humidité.

Dans ce qui devait être la cheminée traînait une vieille casserole toute rouillée. Alexandre la saisit par le manche et la considéra, ému. C'était la preuve qu'il y avait eu de la vie en ce lieu envahi par les ronces et les orties. Mais soudain, il eut une étrange sensation, comme si quelqu'un l'épiait. Il entendit un bruit de pierre au dehors. L'image de l'homme cagoulé lui revint immédiatement en mémoire et il se sentit très vulnérable, enfermé entre ces quatre murs. Un autre bruit de pierre... Alexandre se précipita vers un restant de fenêtre pour observer. Rien. Personne. Le silence absolu. Pris de panique, il se précipita vers la brèche par laquelle il était entré. Il allait l'escalader lorsque quelqu'un lui barra le passage.

— Que fais-tu sur mon territoire ?

CHAPITRE 3

Alexandre releva la tête et vit un garçon d'à peu près son âge, qui le toisait debout sur le mur en le menaçant d'un arc qu'il maintenait bandé.

— Qui es-tu, pour oser pénétrer sur mes terres ?

— Je... je m'appelle Alexandre, et... je ne savais pas que ce territoire était à vous... répondit-il en levant les bras sous la menace de l'arc.

— Eh bien, sache, manant, qu'on n'empiète pas sur le territoire du grand seigneur Julien de Montcoudoux !

Alexandre dévisagea le jeune inconnu. Son visage aux traits fins, ses cheveux blonds et bouclés, son corps chétif n'avaient rien d'effrayant.

— B... bien, grand seigneur, je ne le ferai plus, promis ! répondit-il, rassuré et commençant à se prendre au jeu de son interlocuteur.

— Bon, ça va pour cette fois. Mais ne t'avise pas

de remettre les pieds ici !

Il débanda lentement son arc et descendit du mur pour se retrouver en face d'Alexandre. Les deux garçons se regardèrent droit dans les yeux quelques secondes, puis éclatèrent de rire.

— Je m'appelle Julien, mais pas de Montcoudoux, et toi ?

— Je te l'ai dit, Alexandre.

— Je ne t'avais jamais vu. Tu es en vacances dans le coin ?

— Non, j'habite à Montbeyssoux depuis trois semaines. Avant, on vivait à Paris avec mes parents.

— Ouh là ! T'es un gars de la ville, alors ! T'es en quelle classe ?

— Je vais rentrer en troisième, au collège de Montbeyssoux.

— Alors on sera dans la même classe.

— Comment tu sais ça ?

— Il n'y a qu'une seule classe de troisième dans ce collège !

— C'est vrai que c'est ton territoire, ici ?

— Disons que c'est mon refuge. J'aime bien venir ici. C'est calme, on se sent vraiment loin de tout. Écoute ce silence...

Ils se turent et écoutèrent un long moment.

— C'est vrai que c'est calme, finit par dire Alexandre. On n'entend vraiment rien.

— C'est la première fois que tu viens dans cette forêt ?

— Oui.

— Et ça te dirait, une petite visite guidée ?

— Ben... pourquoi pas ?

Les deux garçons se dirigèrent vers le VTT d'Alexandre, couché par terre un peu plus loin.

— Whaouh ! s'exclama Julien. C'est un super vélo que tu as là !

— Ben... oui, c'est vrai qu'il est pas mal. Il est tout neuf, en tout cas.

— Eh dis donc ! Tu as un bidon « Tour de France » en plus !

— Oui, et c'est un vrai ! Je l'ai récupéré sur les Champs-Élysées, à l'arrivée du Tour.

— Tu as vu l'arrivée du Tour de France ? En vrai ?

— Oui, bien sûr. J'y vais chaque année. C'est l'avantage, quand on habite à Paris.

— Veinard ! Moi, je suis obligé d'attendre qu'il passe dans le coin. La dernière fois, c'était en 1999.

— Étape Saint-Galmier Saint-Flour, victoire de David Etxebarria. Armstrong était en jaune.

— Exact ! Tu as l'air de t'y connaître !

— Plutôt, oui. J'adore le cyclisme. Je suis toute la saison, de février à octobre.

— On va bien s'entendre alors, parce que moi aussi !

— Bon alors, cette visite de la forêt, elle commence par quoi ?

Julien réfléchit un moment avant de répondre :

— Tu es capable de garder un secret ?

— Euh… oui, bien sûr.

— Alors je vais t'en montrer un. Mais tu me jures de ne le dire à personne !

— Je le jure !

Julien récupéra son VTT, et Alexandre suivit son nouveau camarade jusqu'à un gros chêne. À la base de l'arbre, Julien dégagea un tas de broussailles qui cachait l'entrée d'une espèce de grand terrier entre deux grosses racines.

— Suis-moi, dit-il en s'y enfonçant.

Ils pénétrèrent dans cette cavité obscure, sous le chêne. Julien sortit un briquet de sa poche, alluma une lanterne posée par terre et s'assit sur un petit banc en bois.

— Tu vois, dit-il, ça c'est mon repaire, ma planque. J'aime bien me retrouver là et sentir que personne ne peut savoir où je suis.

— Parce que tu es le seul à connaître ce trou ?

— Oui. Enfin, maintenant on est deux.

Les deux garçons passèrent l'après-midi ensemble. Julien connaissait la forêt comme sa poche, et la fit découvrir dans ses moindres recoins à Alexandre qui, lui, se sentait rasséréné au fur et à mesure que le temps passait. Depuis qu'il avait quitté Paris, il avait enfin le sentiment d'avoir trouvé un ami.

Tout en se baladant, ils continuèrent à discuter, en abordant des sujets variés, tels que le cyclisme, le vélo, ou encore la bicyclette. À une semaine du départ du Tour d'Espagne, les pronostics allèrent bon train. Alexandre pariait sur une deuxième victoire consécutive d'Aitor González, tandis que Julien croyait dur comme fer au retour de Roberto Heras.

Vers cinq heures, Julien proposa un goûter chez lui. Les deux garçons pédalèrent péniblement jusqu'au sommet d'une côte qui les mena à une ancienne ferme entièrement rénovée. Sur la boîte aux lettres, Alexandre put lire : « M. & Mme Faure et Julien ».

— Maman, papa, je vous amène un nouveau copain ! Et on a très faim !

Madame Faure entra la première dans le séjour. C'était une grande femme, souriante, qui accueillit Alexandre chaleureusement.

— Asseyez-vous, dit-elle, je vais vous chercher de quoi goûter !

Monsieur Faure entra à son tour. Sous son air sévère et sa moustache drue se dessina un léger sourire lorsqu'il salua le nouvel ami de son fils.

— Alors, Alexandre, tu es nouveau au village ? demanda la mère de Julien en remplissant les verres de jus d'orange.

— Oui, madame. On habitait à Paris avant. On est arrivés ici il y a trois semaines.

— Et que font tes parents ?

— Papa est traducteur. Il travaillait dans un cabinet à Paris. Maintenant, il s'est mis à son compte, et il envoie ses traductions par Internet.

— Et ta mère ?

— Elle est infirmière à l'hôpital d'Issoire.

— Alors, vous avez fui la grande ville pour venir goûter au calme de la campagne, si je comprends bien.

— C'est ça. Disons que... mon grand-père est mort il y a quelques mois, et mon père a hérité de sa maison ici. Il a dû faire de gros travaux parce qu'il paraît que ça faisait plus de cent ans qu'elle était inhabitée.

— Cent ans !

— Oui, et il y en avait, du boulot !

— Je veux bien te croire ! Et elle est où cette maison ? demanda madame Faure tout en se dirigeant vers la cuisine.

— Au bord du ruisseau, un hameau où il n'y a qu'une seule maison, et qui s'appelle... la Bournerie.

À ce mot, Julien arrêta brusquement de mâcher sa tartine de confiture. Le visage de son père se raidit et reprit son aspect sévère et dur. Madame Faure fit demi-tour, s'approcha lentement d'Alexandre, qui se demandait bien quelle bêtise il avait pu dire pour que l'attitude de ses hôtes change aussi brusquement.

— Et comment t'appelles-tu ? demanda-t-elle.

— Alexandre, je vous l'ai dit.

— Oui, mais ton nom de famille ?

Il hésita un moment, puis répondit timidement :

— Guérini...

Le goûter se poursuivit. Mais l'ambiance n'était plus la même. Julien mangeait tout en fixant la table du regard. Son attitude ressemblait à celle d'un enfant qui cherche à s'excuser après avoir fait une bêtise. Le côté affable et accueillant de ses parents avait disparu. Monsieur Faure alluma une cigarette qu'il fuma en regardant le plafond, pendant que sa femme débitait quelques banalités tout en buvant son thé.

Alexandre n'avait qu'une seule envie : partir. Quitter cette atmosphère pesante. Mais il lui restait encore une grande tartine à terminer. Il se mit alors à mâcher frénétiquement, de plus en plus vite.

La dernière bouchée à peine avalée, il se leva et dit d'une voix timide :

— Bon... ben... euh... Il faut que je rentre. Euh... merci pour le goûter.

Il se dirigea vers la sortie. Avant de refermer la porte derrière lui, il lança un poli « au revoir ».

Ce fut tout juste s'il entendit Julien et ses parents lui répondre en marmonnant.

* * *

Dès qu'Alexandre eut franchi le portail du jardin, il se mit à pédaler comme un fou, se retournant régulièrement comme s'il avait peur qu'on le suive. Il avançait tout droit, sans se soucier de la direction qu'il prenait.

À bout de forces, il s'arrêta enfin au bord d'un chemin, se coucha dans l'herbe et éclata en sanglots.

Lorsqu'il trouva enfin la force de se relever, il alla s'asseoir le dos contre un arbre. Il contempla le soleil déclinant lentement vers les montagnes lointaines, et laissa libre cours à ses sombres pensées.

Que se passait-il donc ? Pourquoi toute cette hostilité des habitants de Montbeyssoux ?

Peu après son arrivée dans la commune, Alexandre avait accompagné son père à la mairie, où le maire avait à peine daigné leur adresser la parole. Il s'était contenté de leur faire remplir quelques formulaires administratifs, froidement. Le boucher et le boulanger ne refusaient certes pas de servir la famille Guérini. Mais leur silence glacial en disait long sur les sentiments qu'ils nourrissaient à son égard.

Chaque fois qu'Alexandre et ses parents déambulaient dans le centre de Montbeyssoux, ils devaient essuyer des regards méfiants, menaçants.

Puis il y avait eu ces lettres anonymes… et maintenant cette réaction des parents de Julien.

« Les gens sont toujours méfiants vis-à-vis des étrangers », avait dit son père.

Peut-être… Mais là, il y avait autre chose, c'était sûr.

CHAPITRE 4

Alexandre n'avait jamais aimé les rentrées scolaires. Mais celle-ci avait une saveur toute particulière. À quoi allaient ressembler son nouveau collège, ses nouveaux profs ? Se ferait-il rapidement des copains ? Quelle serait l'attitude de Julien envers lui ?

En entrant dans la cour de récréation, il fut d'abord surpris par la taille de l'établissement : un petit bâtiment, une petite cour, tout juste une centaine d'élèves. Rien à voir avec la véritable usine qu'était son collège parisien. Il attendit patiemment que la cloche sonne, planté là, au milieu de la cour, dans l'attitude si caractéristique des nouveaux qui cherchent désespérément autour d'eux un regard, un signe de sympathie…

De petits groupes s'étaient formés çà et là. Les discussions allaient bon train.

Une de ses questions trouva rapidement une réponse : il croisa Julien qui détourna immédiatement le regard et changea de direction.

La classe de troisième fut accueillie par son professeur de français, monsieur Christian Pastourel. Un homme jeune, d'une grande stature, un visage qui inspirait à la fois douceur et sévérité. Le silence se fit dès qu'il prit la parole de sa voix puissante et grave.

Assis au fond de la classe, seul à une table, Alexandre comprit immédiatement qu'il avait devant lui un professeur à l'autorité naturelle, qui se fait respecter sans avoir à hausser le ton.

— Faure David !

— Présent !

— Faure Julien !

— Présent !

— Faure Stéphane !

— Présent !

— Guérini Alexandre !

La rumeur qui suivit couvrit la voix timide d'Alexandre. Bon nombre d'élèves se retournèrent vers lui, le scrutant de la tête aux pieds. Son visage devint écarlate, ses mains moites. Il ne savait plus où poser son regard et retrouvait dans tous ces yeux la même expression de méfiance et d'hostilité qui le poursuivait depuis son arrivée à Montbeyssoux.

Le professeur ne dit rien et attendit patiemment que le bruit cesse pour continuer à faire l'appel. Comme s'il s'attendait à ce que le nom Guérini provoque une telle réaction.

À la récréation, Alexandre passa aux toilettes boire un peu d'eau et se laver les mains. Lorsqu'il voulut en sortir, un grand gaillard qui, lors de l'appel, avait répondu au nom de Stéphane Faure, se tenait devant la porte. Droit, les bras croisés, l'œil méchant, entouré de quatre camarades aux mensurations moins impressionnantes, mais aux regards tout aussi menaçants. Sans se démonter, Alexandre s'approcha d'eux et tenta de se frayer un passage en lançant un très poli « pardon ».

Stéphane Faure le repoussa si violemment qu'il en tomba par terre.

— Non mais, tu te crois où, Guérini ? lui lança-t-il.

Alexandre comprit tout de suite qu'il était inutile d'insister. Son agresseur le dépassait au moins d'une tête, et le moins baraqué des quatre autres devait faire dix kilos de plus que lui.

Il était toujours à terre quand Stéphane Faure lança :

— Alors c'est lui, Guérini ! Eh ben ! il a pas l'air bien méchant !

Il éclata alors d'un rire gras et vulgaire, immédiatement imité par ses quatre comparses.

* * *

Le soir, au dîner, Alexandre parla peu. Le nez plongé dans son assiette, il fixait les aliments qu'il mangeait du bout des lèvres, sans appétit. Ses parents avaient tout essayé pour le réconforter :

« C'est normal, c'est le premier jour. »

« Tu es nouveau, ils te testent. »

« Tu viens juste de débarquer dans ce collège. Tu es un peu perdu. Tu es une proie facile. »

« D'ici quelques jours, tu te seras fait des copains. »

« Tu sais, ils en auront marre avant toi. »

Mais rien n'y fit. Alexandre quitta la table avant même la fin du repas, pour aller s'enfermer dans sa chambre.

Les jours qui suivirent furent très durs. Alexandre parvint à établir le contact avec quelques camarades de classe. Mais les rares qui daignaient lui adresser la parole s'attiraient immédiatement les foudres de Stéphane Faure et sa bande, qui semblaient régner en maîtres sur ce collège. Abusant lâchement de leur supériorité physique, ils s'amusaient à terroriser Alexandre et tous ceux avec qui il tentait de sympathiser.

Chaque matin, Alexandre se levait péniblement, mangeait à peine, puis partait au collège en traînant les pieds. La peur au ventre.

Avec regret, il observait souvent Julien. Le seul qui lui avait vraiment témoigné de la sympathie.

Un après-midi durant... Mais à présent, il l'ignorait, comme beaucoup d'autres.

Jusqu'au premier jour d'automne. Alexandre était, comme d'habitude, assis seul au fond de la classe. Près de la porte, pour pouvoir être le premier à quitter la salle et courir se cacher le temps de la récréation, ou se réfugier en un lieu où la présence d'un surveillant le protégerait.

Le professeur de mathématiques s'évertuait à expliquer le subtil mécanisme permettant de résoudre les équations à deux inconnues lorsque Alexandre sentit qu'on lui tâtait la jambe droite. Il se baissa et vit la main de Julien qui tenait un petit papier plié en quatre. Il le prit et le lut, après s'être assuré que personne ne le voyait :

Tu te rappelles le trou que je t'ai montré l'autre jour, sous le chêne ? Rendez-vous là-bas demain soir à 5 heures et demie. N'en parle à personne. Julien.

CHAPITRE 5

Alexandre retrouva sans problème le chemin qui menait aux ruines. De là, il atteindrait facilement le gros chêne. À pied, la côte lui parut moins raide, d'autant plus qu'il était dopé par l'espoir de retrouver son ami de quelques heures.

Mais soudain, il s'arrêta net. Et si c'était un piège ? Il s'imagina un instant encerclé par Stéphane Faure et sa bande. Il pourrait toujours crier. Qui l'entendrait ?

Il quitta alors le chemin pour s'enfoncer dans les bois. Il marchait doucement, se cachant derrière chaque arbre, regardant sans cesse autour de lui.

Le gros chêne fut enfin en vue. Julien était là, seul. Il attendait, debout devant l'arbre. Alexandre s'approcha lentement, jetant encore quelques regards méfiants çà et là.

Julien lui tendit la main. Ce geste surprit Alexandre. Il n'était plus habitué à recevoir des signes de sympathie. La poignée de main fut franche, sincère.

— Bonjour Alexandre...

Il hésita quelques secondes avant de répondre.

— Il ne faut pas qu'on reste là. On pourrait nous voir. Viens !

Les deux garçons descendirent au fond du trou et s'assirent sur le banc. Ils restèrent immobiles et silencieux quelques instants, ne sachant que dire. Ce fut Julien qui parla le premier :

— Alors, tu as vu ? J'avais raison, c'est Roberto Heras qui a gagné le Tour d'Espagne.

— Oui, j'ai vu. Il a été impressionnant dans le dernier contre-la-montre. Je ne pensais pas qu'il parviendrait à combler tout son retard en une seule étape.

— Moi non plus.

— En attendant, mon Aitor González... laminé ! Inexistant !

Ils se regardèrent en souriant, et Alexandre reprit la parole :

— Alors, tu acceptes de me fréquenter, finalement ?

Julien se sentit gêné par cette question, et attendit quelques instants avant d'y répondre, d'une voix hésitante :

— Disons que... Euh... Bon... Déjà, je n'ai pas envie d'avoir des ennuis avec Stéphane Faure et les autres. C'est des brutes, ceux-là !

— J'avais remarqué...

— Et puis… Je ne sais pas comment te le dire… Mes parents verraient ça d'un mauvais œil s'ils savaient que je te fréquente, voilà !

— Mais pourquoi ?

Comme la réponse de Julien tardait à venir, Alexandre renchérit :

— Parce que je commence à en avoir assez, moi ! Depuis que je suis arrivé ici, presque personne ne me parle. Mes parents et moi, on nous regarde de travers. Pour tout te dire, on a même reçu des lettres anonymes nous demandant de partir ! Mais on ne sait toujours pas pourquoi !

— Parce que vous habitez à la Bournerie et que vous vous appelez Guérini. Voilà pourquoi.

Cette réponse lui fit l'effet d'un coup de poing dans le ventre.

— Parce qu'on habite à la Bournerie et qu'on s'appelle Guérini ?

— Oui…

Percevant l'étonnement d'Alexandre, Julien s'empressa de poursuivre :

— Bon, je t'explique. Depuis que je suis tout petit, on m'a toujours présenté la Bournerie comme étant un lieu maudit, étrange… Et si on dit ça, c'est parce qu'il y a très longtemps, il paraît qu'il était habité par la famille Guérini. Et je ne sais pas ce qu'ils ont fait à l'époque, mais ils étaient mal vus.

Tellement mal vus que leur mauvaise réputation les suit encore !

Alexandre resta un moment sans voix.

— Et c'est seulement pour ça que les gens ne veulent pas de nous ? dit-il enfin.

— Écoute. Déjà, d'habitude, les gens d'ici ne sont pas très accueillants quand des étrangers arrivent. Alors, quand en plus ils s'appellent Guérini et qu'ils habitent à la Bournerie, c'est le bouquet !

— Et Stéphane Faure et sa bande, pourquoi ils m'en veulent à ce point ?

— Comme je te disais tout à l'heure, c'est des brutes. À mon avis, chez eux, on a dû leur bourrer le mou : Guérini par-ci, Guérini par-là, et hop ! les voilà avec un souffre-douleur tout trouvé ! Et crois-moi, je les connais, et ils ne sont pas près de te lâcher !

— En gros, la fin de mes ennuis, ce n'est pas pour demain...

— Ah ça non ! Tu as vu la terreur qu'ils sèment au collège ? Il y en a peut-être qui voudraient bien sympathiser avec toi, malgré ce qu'ils entendent sur les Guérini chez eux. Mais ils n'osent pas à cause de Stéphane Faure et sa bande. Moi le premier !

— En tout cas, moi, je ne pense qu'à une chose en ce moment, c'est retourner vivre à Paris !

— Tu en as parlé à tes parents ?

— Non, ce n'est même pas la peine. Pour eux c'est hors de question, je le sais bien. Ils ont tous les deux quitté leur boulot là-bas, ils ont vendu l'appart, mon père en a bavé pour retaper notre baraque. Alors, tu penses bien qu'ils ne vont pas tout laisser tomber au bout d'un mois et demi !

Julien ne savait que dire pour réconforter son camarade. Il ouvrit la lanterne pour en remplacer la bougie qui avait presque fini de se consumer, et batailla pour allumer son briquet. Dès que la lumière fut revenue, Alexandre lui dit :

— Julien, il faut qu'on tire tout ça au clair !

— Qu'on tire quoi au clair ?

— Cette histoire de Guérini ! Pour qu'une mauvaise réputation dure depuis des dizaines d'années, il doit bien y avoir une raison !

Julien fut surpris par cette proposition et ne sut qu'y répondre. Alexandre interpréta son silence comme un refus :

— Évidemment, toi tu t'en fiches !

— Non, je ne m'en fiche pas, répondit Julien après une longue réflexion. Tu sais... je n'ai jamais vraiment eu d'ami, ici. Et j'étais content de rencontrer enfin quelqu'un avec qui je sentais que j'allais bien m'entendre. Et manque de pot, je ne peux même pas le voir comme je veux ! Et ça, ça m'énerve, tu vois !

— Et moi, tu ne crois pas que ça m'énerve ?

Julien se tut un instant. À la lueur pâle de la lanterne, il échangea un regard avec Alexandre, et retrouva dans ses yeux le même sentiment de complicité qu'au jour de leur rencontre.

— Tu as raison, dit-il enfin, il faut qu'on mène notre enquête.

CHAPITRE 6

Trois semaines passèrent et la situation n'évolua guère. Alexandre continuait à aller au collège avec une boule dans le ventre. Insultes et brimades y étaient son lot quotidien. Le rejet dont il faisait l'objet lui était toujours aussi douloureux, bien qu'il commençât à s'y habituer.

Ses parents s'étaient fait une raison, et avaient trouvé une solution simple : ils ne fréquentaient presque plus le bourg de Montbeyssoux et allaient faire leurs courses ailleurs. La plupart du temps, ils restaient chez eux, où plus rien ne venait leur rappeler qu'ils étaient indésirables, puisque les lettres anonymes avaient cessé. Lorsqu'elle ne travaillait pas, madame Guérini passait le plus clair de son temps dans le jardin. Elle s'activait dur : on était en automne, la saison des semis.

— Au printemps, je veux des fruits, des légumes et des fleurs de partout ! répétait-elle sans cesse.

Son mari, lui, continuait à s'emplir les poumons d'air pur en partant randonner dès que ses activités professionnelles le lui permettaient.

— Vous vous rendez compte ? J'ai croisé plus de chevreuils que d'humains aujourd'hui, disait-il souvent en rentrant de balade. Ce n'est pas à Paris que ça aurait pu m'arriver !

Ils voyaient bien que leur fils avait souvent du vague à l'âme, et faisaient tout ce qu'ils pouvaient pour tenter de le réconforter. Avec toujours les mêmes arguments : « Ça va s'arranger, un peu de patience, ça leur passera… » Ils essayaient de se rassurer à la lecture des bonnes notes que rapportait Alexandre, se disant que tant qu'il travaillait bien en classe, cela signifiait qu'il n'était peut-être pas si perturbé que ça.

Ils ne voyaient pas que le travail scolaire était devenu pour lui un refuge, une compensation à toutes les vexations qu'il subissait. Chaque bonne note se transformait en pied de nez adressé à ses oppresseurs. La seule riposte qu'il lui était possible de donner.

Mais s'il était une chose dont Alexandre ne parlait à personne, c'était de son amitié secrète avec Julien. Les deux garçons avaient décidé d'un commun accord de ne se voir qu'en cachette, et l'un comme l'autre trouvaient ça très excitant.

Julien jouait admirablement bien son double rôle. Au collège, il traînait parfois avec la bande de Stéphane Faure et ignorait Alexandre. Il allait même jusqu'à participer aux brimades qui lui étaient infligées, afin que personne ne se doute un seul instant de l'amitié qu'il avait pour lui.

Ils évitaient de s'envoyer des mots pendant les cours, et s'interdisaient tout regard, tout clin d'œil complice qui aurait pu trahir leur secret.

Le soir venu, ils reprenaient contact. Chacun devant son ordinateur, ils se connectaient à Internet pour s'échanger des e-mails. Des e-mails qui parlaient de tout, de rien, et surtout de vélo ! Ils commentaient les résultats des dernières courses de la saison, s'échangeaient des informations sur les coureurs, des adresses de sites, et faisaient des concours de pronostics. Mais l'essentiel était le plaisir qu'ils éprouvaient à communiquer entre eux, à l'insu de tout le monde. Car cette correspondance était sans risque pour Julien.

« Déjà, mon ordinateur est dans ma chambre. Mais en plus, mes parents n'y connaissent tellement rien en informatique qu'ils ne sauraient même pas l'allumer ! » avait-il dit à son ami.

Mais leurs rapports ne se limitaient pas à ces échanges électroniques. Les jours de congé et certains soirs après la classe, ils se retrouvaient dans leur abri secret, le trou sous le gros chêne. Le simple fait de se retrouver en cachette, loin de tout, dans le silence apaisant de la forêt, était déjà un jeu à lui tout seul. Il ne fallait absolument pas que qui que ce soit les voit ensemble, ou découvre leur repaire. Chaque rendez-vous était donc une véritable expédition. Ils s'y rendaient et en revenaient séparément, prenant à chaque fois un itinéraire différent. Ils avançaient doucement dans les bois, prêts à se fondre dans le paysage à l'apparition du moindre promeneur, du moindre ramasseur de champignons...

Ces rencontres secrètes étaient aussi l'occasion de faire le point sur leur enquête.

Elle n'avançait guère...

Julien avait interrogé ses parents, dans l'espoir qu'ils lui dévoilent ne fût-ce qu'un petit indice qui le mettrait sur une piste. Oncles, tantes et cousins avaient également eu droit à ses questions. À chaque fois, le même genre de réponse : « On n'en sait rien. Les Guérini, c'est pas des gens fréquentables. C'est comme ça, c'est tout ! »

Alexandre, lui, avait questionné son père sur ses ancêtres. Il lui avait répondu qu'il ne savait rien d'eux. Il ne s'était jamais intéressé à l'histoire de la famille et, de plus, ses père et grand-père étaient très peu bavards à ce sujet. Les Guérini avaient mauvaise réputation ? À son avis, ils avaient dû être victimes de racisme, en raison de leurs origines italiennes.

C'est en fouillant dans un tiroir qu'Alexandre avait trouvé la première pièce intéressante à mettre au dossier de l'enquête : les papiers du notaire concernant l'héritage de son grand-père, Alphonse Guérini. Ces documents lui apprirent que la maison de la Bournerie appartenait à la famille Guérini depuis au moins cinq générations, et qu'elle avait été transmise par héritage de père en fils.

Ces fameux Guérini de la Bournerie étaient donc bien ses ancêtres, c'était sûr. Et la maison était inhabitée depuis plus de cent ans... Pourquoi l'avaient-ils quittée ? Que s'était-il passé ?

C'était le seul élément tangible en possession de nos deux jeunes enquêteurs. Jusqu'au matin du 12 octobre...

CHAPITRE 7

Ce jour-là, un aboiement de chien réveilla Alexandre en sursaut. Il n'était plus habitué à entendre du bruit. Depuis qu'il vivait à la Bournerie, il s'était accoutumé au silence absolu.

Un aboiement de chien... Cela pouvait signifier qu'il y avait quelqu'un à proximité de chez lui, ce qui n'arrivait pas très souvent. En effet, rares étaient les gens qui empruntaient le chemin menant chez eux. Et Alexandre savait pourquoi, à présent. Les quelques personnes qu'il avait vues passer depuis son arrivée étaient des randonneurs, avec qui il avait eu l'occasion de discuter : toujours des gens qui venaient de la ville et ignoraient tout des histoires du village.

Alexandre se leva et s'habilla à toute vitesse. La maison était encore endormie. Il descendit les escaliers sur la pointe des pieds, enfila ses bottes et se précipita dans le jardin, où la fraîcheur matinale acheva de le réveiller. Il fit quelques pas dans l'aube naissante et s'approcha du portail. Il regarda autour de lui : rien, personne. Il n'y avait que le bruit du vent qui faisait remuer les branches des arbres. Le chien n'aboyait plus. Pourtant, Alexandre avait une sensation bizarre. Il sentait une présence, non loin.

Il ne tarda pas à apercevoir un chapeau noir qui bougeait au-dessus des buissons. Prudemment, il avança sur le chemin sans faire de bruit. Qui pouvait bien rôder près de chez lui à une heure si matinale ? Arrivé au premier virage, Alexandre se cacha derrière un arbre. Il aperçut un homme qui s'éloignait sur le chemin. Entièrement vêtu de noir, il allait lentement, le buste courbé, en prenant appui sur une canne.

Alexandre voulait savoir qui c'était, absolument. Il se mit à courir à travers prés et atteignit rapidement un bois. Il fonça au milieu des sapins, se baissant fréquemment pour éviter les branches, et se retrouva en haut du talus qui surplombait le chemin. Il se cacha derrière un arbre et attendit. Ce ne fut pas très long. L'homme ne tarda pas à réapparaître, au détour d'un virage. Toujours en appui sur sa canne, il avançait d'une démarche lente, mais plutôt assurée, et Alexandre put enfin apercevoir son visage. C'était un vieil homme, un très vieil homme. Lorsqu'il ne fut plus qu'à une dizaine de mètres de lui, Alexandre se pencha en avant pour mieux voir.

Soudain, son pied glissa. Il se rattrapa à une branche d'arbre qui cassa aussitôt. Alexandre poussa un cri de frayeur, dégringola le talus et se retrouva allongé sur le chemin.

— Alors, mon p'tit gars ! dit le vieil homme d'une voix éraillée. *Nen fadiéteis nà deibarouladà !* Ça va ? Pas de mal ?

— Ça va, ça va... répondit Alexandre en se relevant péniblement.

Il regarda son interlocuteur. La peau de celui-ci n'était qu'un amas de rides, à l'exception d'une petite balafre au-dessus de la paupière gauche. De son chapeau noir s'échappaient quelques cheveux gris qui tombaient sur son front. Ses yeux d'un bleu très clair lui donnaient un regard plutôt sympathique.

— Mais qu'est-ce que tu fais ici à cette heure-ci ? demanda-t-il à Alexandre.

— Euh... rien.

— Ah, toi aussi, un chien ?

— Non rien ! insista Alexandre en parlant plus fort.

— Moi aussi, j'ai perdu mon chien. Je le cherche depuis ce matin. *Foutüda beità ! Me damande ente z-euro passàd. Z-euias pa vedüd cauque chi neir ?*

— Pardon ?

— Tu n'aurais pas vu un chien noir ? Un berger allemand.

— Euh… non. Mais tout à l'heure, j'ai entendu des aboiements.

— Hein ?

— Des aboiements, insista Alexandre en montrant du doigt la direction de sa maison. Des aboiements !

— Ah ! Le bois Morant ! Non, ce n'est pas par-là. Par-là, c'est la Bournerie, et il ne faut pas y aller. *Qu'ei n'endreî deifourtünad !* J'y suis descendu tout à l'heure parce que mon chien s'est sauvé par là-bas, eh ben j'ai eu la trouille ! Tu vois, mon petit, j'ai quatre-vingt-treize ans et j'ai toujours vécu à Montbeyssoux. Mais je n'étais jamais descendu à la Bournerie !

— Jamais ?

Alexandre comprit qu'il tenait là une occasion unique d'en savoir plus. Quatre-vingt-treize ans… Ce vieil homme devait savoir, ou au moins avoir des éléments de réponse, puisqu'il s'agissait d'une histoire qui remontait à longtemps. En plus, visiblement, il ne savait pas qu'Alexandre s'appelait Guérini. Ni qu'il habitait à la Bournerie.

— Mais pourquoi il ne faut pas y aller ? demanda-t-il.

— Tu veux y aller ? Non, n'y va pas, mon petit. Faut pas y aller, je te dis.

— Mais pourquoi ? Pourquoi ? insista Alexandre en criant presque.

— *Lai fau pa nâ, qu'ei n'endreî deifourtünad !*

Là-dessus, Alexandre entendit un aboiement de chien, et aperçut un berger allemand noir qui sortait du bois.

— Mirko ! *Valeis tü be venï sai, moazà beitia !* cria le vieil homme en se mettant à marcher à vive allure vers son chien qui courait sur le chemin, en direction du bourg de Montbeyssoux.

Alexandre le suivit, bien décidé à ne pas lâcher prise.

— Mais pourquoi ? Pourquoi ? s'obstinait-il à demander au vieillard qui semblait totalement obnubilé par son chien et avançait rapidement, prenant appui sur sa canne, tout en bougonnant des mots de patois.

— *Valeis tü be venï sai, moazà beitia ! A, garà tà pé si te rape !*

Mais Alexandre insista :

— Pourquoi ? Mais pourquoi il ne faut pas ?

Le vieil homme commençait à fatiguer. Il ralentit le pas, puis s'arrêta pour reprendre son souffle.

— Pourquoi ? demanda encore une fois Alexandre, en lui criant dans l'oreille.

— Pourquoi quoi ?

— Pourquoi il ne faut pas aller à la Bournerie ?

— Ah non ! Personne ne va à la Bournerie !

— Mais pourquoi ? Pourquoi ?

Le vieil homme reprit sa marche, tout en bougonnant :

— Il ne faut pas aller à la Bournerie. C'est un lieu maudit !

Tout en continuant à marcher, il prononça plusieurs fois une phrase incompréhensible. Réalisant qu'il était inutile d'insister, Alexandre s'arrêta et le regarda s'éloigner, brandissant sa canne vers le ciel et répétant sans cesse la même chose.

— Mais qu'est-ce que ça peut bien vouloir dire ?

Alexandre fit demi-tour et marcha à vive allure, tout en essayant de mémoriser cette phrase. Ne pas l'oublier, surtout ne pas l'oublier ! Elle pouvait être importante, il en était persuadé.

Dès qu'il eut franchi la porte d'entrée de sa maison, il se retrouva nez à nez avec ses parents qui étaient en train de prendre le petit déjeuner.

— Alexandre ! s'exclama sa mère. Mais que faisais-tu dehors ? On croyait que tu dormais encore !

— Je vous expliquerai ! répondit-il tout en se précipitant vers le téléphone.

Il saisit un stylo, arracha une feuille du bloc-notes et écrivit :

« *Queille lafota delan touéna.* »

Il glissa le papier dans sa poche, soulagé d'avoir réussi à garder trace de la phrase du vieillard.

— Mais qu'est-ce que tu fais ? lui demanda son père. Qu'est-ce qui t'arrive ?

— Rien du tout, rien du tout… Je n'avais plus sommeil, je suis allé me promener, j'ai eu une idée pour la rédac que j'ai à rendre demain et je voulais la noter tout de suite pour ne pas l'oublier. Voilà, c'est tout.

Dirigeant le regard vers la table du petit déjeuner, il ajouta :

— Cette petite promenade m'a ouvert l'appétit, et je crois que je vais me joindre à vous !

Alexandre s'installa et se versa un plein bol de céréales.

— Tiens, goûte-moi donc cette compote, lui dit sa mère. Je l'ai faite avec les pommes du jardin. Garanties sans pesticides ! Et pas besoin de courir au supermarché pour les acheter, celles-là. Tu sais…

— Oui, je sais, l'interrompit Alexandre, c'est pas à Paris qu'on aurait pu faire ça…

CHAPITRE 8

« *Queille lafota delan touéna. Queille lafota delan touéna...* »

Alexandre ne cessa de se répéter cette phrase toute la matinée, et ce fut la première qu'il prononça lorsque Julien le rejoignit dans leur repaire, en fin d'après-midi.

— « *Queille lafota delan touéna.* » C'est donc ça qu'il t'a répété, le vieux ? demanda Julien.

— Oui, et je me demande ce que ça peut bien vouloir dire. C'est que je ne parle pas un mot de patois, moi ! Et toi ?

— Moi non plus, mais j'ai souvent entendu mon grand-père parler en patois. Au fait, ce vieux, à quoi il ressemblait ?

— Ben... il était vieux. Très vieux. Pas bien grand, les yeux bleus, les cheveux gris... Il portait un chapeau noir et il cherchait son chien : un berger allemand noir qui s'appelle Mirko.

— Il n'avait pas une petite balafre au-dessus de la paupière ?

— Le chien ?

— Non ! Le vieux, bien sûr !

Alexandre fouilla dans sa mémoire quelques instants :

— Oui, effectivement, il en avait une. Une toute petite, au-dessus de la paupière gauche exactement.

— Alors je vois qui c'est : le vieux Barthélemy, le doyen du village. Complètement sourdingue, plus vraiment toute sa tête. Il a toujours refusé d'être envoyé en maison de retraite, le vieux ! Et il vit tout seul depuis vingt ans, dans la dernière maison à la sortie du bourg, sur la route de Chantagrèle. C'est vrai que de temps en temps, il se met à parler en patois, et c'est dur de l'arrêter. Mon pauvre Alexandre, tu as dû t'amuser !

— Ah ça, pour m'amuser, je me suis amusé ! En attendant, qu'est-ce que ça peut bien signifier, cette phrase ? Si tu as entendu ton grand-père parler patois, tu dois comprendre un peu, non ?

— Mouais... Fais voir.

Alexandre lui tendit le papier sur lequel il avait noté la phrase.

— *Queille, queille*... À mon avis, ça doit être *qu'ei*, ce qui veut dire « c'est », dit Julien.

— *Et lafota*, ce ne serait pas plutôt *la fauta* ? Ce

qui signifierait « la faute ».

— Sûrement. Bravo ! À ce rythme-là, tu parles le patois couramment dans trois semaines !

— Reste *delan et touéna*...

— *Delan, touéna*... C'est la faute *delan touéna*... Attends, ce ne serait pas plutôt *de*, plus loin *lantouéna* ?

— Euh... peut-être... Et dans ce cas-là, qu'est-ce que ça signifierait ?

— Eh bien, *de* signifierait... « de ». Quant à *lantouéna*, ce pourrait être l'*Antouénâ*. Avec un « l » apostrophe. *Antouénâ*, c'est Antoine, en patois.

— Donc, si j'ai tout suivi, cette phrase signifierait : « C'est la faute de l'Antoine. »

— Ben oui, ça doit être ça. Tu vois, c'est pas si compliqué, le patois auvergnat !

— Mais on n'est pas plus avancés... Tu le connais, toi, cet Antoine ?

Julien réfléchit un bon moment avant de répondre :

— Je ne le connais pas, non. Mais je vois peut-être qui c'est. Ou plutôt qui c'était.

— Et qui c'était alors ?

— Tu te rappelles, on s'est dit qu'on avait sûrement affaire à une histoire qui remonte à longtemps.

— Oui, et alors ?

— Et alors suis-moi !

Les deux garçons progressèrent difficilement à travers ronces et fougères, avant de rejoindre un chemin plat et rectiligne, parsemé de grosses pierres plates, coupant la forêt en deux.

— On se croirait en plein Paris-Roubaix ! dit Alexandre. Il a dû être pavé à une époque, ce chemin.

— Oui, mais c'était il y a très longtemps. On est sur une ancienne voie romaine. Elle va jusqu'au village de Montgheol.

Tout en continuant à marcher, Julien poursuivit :

— Tu sais, cette forêt, je la connais vraiment par cœur. Je l'ai explorée dans ses moindres recoins, et j'y ai découvert certaines choses que beaucoup de gens ignorent. Comme ce que je vais te montrer, par exemple.

— Et qu'est-ce que tu vas me montrer ?

— Patience, patience… tu vas voir.

Au bout d'une dizaine de minutes de marche, Julien s'arrêta. Il s'enfonça de quelques mètres dans les bois et écarta quelques orties à l'aide de ses pieds.

— Regarde ! dit-il en montrant du doigt l'objet ainsi dégagé.

Alexandre s'approcha et vit une petite croix en métal rouillé, dressée sur un socle de granit. Malgré la luminosité déclinante, il parvint à lire l'inscription gravée dans la pierre :

À LA MEMOIRE D'ANTOINE FAURE,
ASSASSINÉ ICI MÊME
LE 14 MAI 1883.

CHAPITRE 9

Le mercredi suivant, les cours d'Alexandre se terminaient à onze heures. Il se dépêcha de quitter le collège et courut jusqu'à la place centrale du village, où il grimpa dans un car qui démarra aussitôt. Encore essoufflé, il s'affala sur un siège et colla la joue gauche contre la vitre. Rapidement, sa respiration redevint normale, et il se laissa aller, se détendant complètement, bercé par le ronronnement du moteur. Il avait le sentiment d'être en sécurité, protégé des agressions extérieures par la carapace métallique du véhicule qui, à chaque tour de roue, l'éloignait un peu plus de ce milieu hostile.

Après une quinzaine de kilomètres de route de montagne, étroite et sinueuse à souhait, le car gagna la plaine. La chaussée devint plus large, plus droite, la vitesse augmenta. Dix minutes plus tard, il s'engagea sur l'autoroute et mit le cap au nord. Alexandre ne tarda pas à apercevoir le puy de Dôme, le plus célèbre des volcans d'Auvergne, théâtre de grands moments de l'histoire du Tour de France avec ses six kilomètres de montée et ses pentes à 12 %. L'œil rivé sur le géant des Dôme, Alexandre repensa au duel entre Jacques Anquetil et Raymond Poulidor en 1964, à la victoire surprise de la lanterne rouge Pierre Matignon en 1969, ou au coup de poing qu'un spectateur avait donné à Eddy Merckx en 1975.

À midi dix, Alexandre arriva enfin à Clermont-Ferrand. Il descendit du car et se dirigea vers la sortie de la gare routière. Une sensation de liberté l'envahit dès ses premiers pas sur le trottoir mouillé, et cette courte marche en ville prit rapidement des allures d'évasion. Le visage caressé par une légère bruine, il allait lentement, s'arrêtant de temps en temps. Il regardait, écoutait autour de lui : des voitures, du bruit, de grands immeubles... Il pouvait déambuler librement, sans craindre ni le regard des passants, ni une mauvaise rencontre. Un anonyme. Il était enfin redevenu un anonyme !

Le crachin commençait à se transformer en pluie lorsqu'il arriva au 6 de la rue Berlioz. Jeanne Guérini accueillit chaleureusement son neveu.

Un sacré personnage, cette tante Jeanne. « La tronche de la famille », disait le père d'Alexandre. Professeur d'histoire à l'université de Clermont-Ferrand, elle passait le plus clair de son temps aux archives départementales où elle faisait diverses recherches historiques. Elle s'apprêtait d'ailleurs à publier un livre sur la justice en Basse Auvergne au XVIe siècle.

Ses cheveux tirés en arrière laissaient apparaître un visage sur lequel commençaient à se dessiner quelques petites rides. Toujours impeccablement habillée, son apparence stricte cachait un caractère chaleureux qui se révélait dès qu'elle se mettait à parler. Célibataire et sans enfants, elle reportait toute son affection sur son unique neveu, pour qui elle était plus qu'une simple tante. Une confidente, une alliée dans les coups durs...

— Alors, Alexandre, tu viens rendre visite à ta vieille tante ! Il m'a surprise, ton coup de fil d'hier soir. Donc, si j'ai bien compris, tu veux venir avec moi aux archives.

— Oui, depuis le temps que tu m'en parles, j'aimerais bien voir à quoi ça ressemble ! J'espère que ça ne te dérange pas trop...

— Bien sûr que non ! Au contraire, ça me fait plaisir de voir que mon neveu préféré s'intéresse à ce que je fais.

Se dirigeant vers la cuisine, elle ajouta :

— Et tes parents ? Ils savent que tu es là ?

— Ils savent que je suis à Clermont, oui. Mais officiellement, je ne suis pas chez toi. Je leur ai dit que j'avais des recherches très importantes à faire dans une bibliothèque, pour un exposé en histoire... Un gros bobard, quoi, comme d'habitude ! Euh... je compte sur ta discrétion.

— Comme d'habitude ! Allez, mangeons vite, si on veut avoir du temps pour aller aux archives.

* * *

Les archives... Alexandre s'imaginait une ancienne salle voûtée aux murs en pierre, de grands lustres, des rayons de bibliothèque en bois foncé pliant sous le poids de vieux livres poussiéreux.

Il fut surpris lorsqu'il pénétra dans un bâtiment ultramoderne, éclairé au néon. Pour entrer dans la salle de lecture, il franchit un portillon électronique de protection contre le vol, semblable à ceux que l'on trouve dans les grands magasins. Puis sa tante se fit remettre une carte magnétique lui permettant de saisir ses demandes de documents sur ordinateur.

— Mais, Jeanne, ils sont où, tous les documents ?

— Ils sont répartis sur plusieurs étages, dans d'immenses salles inaccessibles au public. Pour en consulter un, il faut faire une demande, et un magasinier va le chercher. On le récupère au comptoir, là-bas.

Un quart d'heure plus tard, Alexandre était assis à côté de sa tante. Il regardait avec elle une liasse de vieux parchemins noircis, fragilisés par le temps, à manipuler avec une extrême précaution. Pour ne pas qu'elles s'effritent, il fallait tourner et décoller doucement les pages couvertes de taches et remplies de caractères écrits à la plume, d'une encre que les siècles avaient rendue presque transparente par endroits. Incompréhensible…

— Dis, Jeanne, toutes les archives sont comme ça ?

— C'est-à-dire, « comme ça » ?

— Ben… Je n'y comprends rien !

— Non, bien sûr. Ce document-là date de 1581. C'est vieux ! Pour le comprendre, il faut avoir fait de la paléographie.

— De la quoi ?

— De la paléographie. C'est-à-dire avoir appris à déchiffrer les anciennes écritures. Mais les archives plus récentes sont beaucoup plus faciles à lire. Disons que presque toutes celles qui datent de périodes postérieures à la Révolution sont compréhensibles par tout le monde.

Un long moment, Alexandre observa sa tante, complètement absorbée par ce qu'elle lisait. Il était fasciné. Il lui semblait qu'elle était ailleurs, qu'elle n'était plus en 2003 et faisait un véritable voyage dans le temps. Un plongeon dans le passé…

En décidant de l'accompagner aux archives, Alexandre savait qu'il se rendrait en un lieu où il pourrait peut-être faire avancer son enquête. Car un crime entraîne généralement un procès. Si l'assassin est arrêté... Il observa encore Jeanne pendant quelques instants, avant d'oser lui demander :

— Tata, est-ce que j'aurais le droit, moi, de consulter des documents ?

— Bien sûr ! On peut te faire faire une carte de lecteur si tu veux, ça prend deux minutes. Qu'est-ce que tu voudrais consulter comme documents ?

— Eh bien... là, tu regardes des comptes-rendus de procès de 1581. On peut trouver des procès de toutes les époques ?

— Oui. Enfin, ceux qui restent. Les archives antérieures à 1500 sont rares. Et pour les procès, on ne peut consulter que celles qui ont plus de cent ans. C'est-à-dire toutes celles qui datent d'avant 1903. Allez, viens, on va t'inscrire, et je vais te montrer comment faire des recherches.

Une heure plus tard, Alexandre attendait impatiemment derrière le comptoir des retraits de documents.

— Voilà, jeune homme ! lui dit le magasinier en lui remettant un imposant carton.

« U 17843. Procès d'assises, année 1883. » C'était bien ce qu'il avait demandé.

Il s'installa à une table, impressionné au milieu de tous ces adultes sérieux, la tête plongée dans leurs documents. Il regarda longtemps le carton, hésitant avant de se lancer. Peut-être allait-il être le premier à le rouvrir depuis 1883. Depuis cent vingt ans ! Peut-être avait-il peur de ce qu'il allait y trouver...

Il se décida enfin et sortit le premier des épais dossiers qu'il contenait. Sur la couverture, il put lire : « André Pouzol, accusé de vol avec circonstances aggravantes ». À l'intérieur, toutes les pièces relatives au procès : interrogatoires de l'accusé, témoignages, plaidoiries des avocats, réquisitoire du procureur...

Alexandre les parcourut rapidement. Puis il referma le dossier et le rangea. Il consulta les autres un par un, mais se borna à n'en lire que le nom de l'accusé et le motif d'inculpation : Antoine Bourtassol, accusé de faux et usage de faux, Michel Thiallier, accusé de meurtre, etc.

N'ayant pas trouvé ce qu'il voulait, il alla chercher le deuxième carton qu'il avait demandé. Même procédé : il sortit les dossiers un par un, se contentant d'en lire la couverture : Raymond Chambarond, accusé de vol, Pascal Michel, accusé de faux en écriture...

Et soudain : Jean-Baptiste Guérini, accusé de meurtre avec préméditation. Alexandre frissonna à la lecture de son propre nom de famille.

CHAPITRE 10

de : julien.faure@uel.com
à : alexandre.guerini@wanabee.fr
date : 15 octobre 2003, 15h22
Objet : Tour de Lombardie

Bien reçu ton prono pour le tour de Lombardie. À mon avis, tu te plantes. Après tout ce qu'il a donné le week-end dernier au championnat du monde, Bettini sera cuit !

Voici mon prono : 1. Bartoli 2. Boogerd 3. Valverde

de : alexandre.guerini@wanabee.fr
à : julien.faure@uel.com
date : 15 octobre 2003, 18h56
Objet : Re : Tour de Lombardie

Prono risqué : Bartoli n'a plus ses jambes de 98 ! Je reviens de Clermont, où j'ai fait une grande découverte !

Rendez-vous au trou demain après-midi à 3 heures.

— Tu en as mis un temps ! Il est presque trois heures et demie !

— Désolé, répondit Julien, haletant. Mais il y avait deux gars, pas loin d'ici. Je ne sais pas ce qu'ils fouinaient dans le coin, j'ai dû faire un maxi détour pour ne pas qu'ils me voient.

Julien s'assit sur le banc et attendit d'avoir repris son souffle pour continuer :

— Alors comme ça, tu es allé à Clermont. Veinard ! Moi, je n'y vais pratiquement jamais.

— Il faisait beau, et on voyait bien le puy de Dôme ! Impressionnant... Ils ont dû en baver, les coureurs, pour y grimper.

— Ne m'en parle pas... Ça fait quinze ans que le Tour de France n'a plus fait étape là-haut ! Quinze ans qu'on attend...

— Ce sera peut-être pour l'an prochain. D'ailleurs, on sera bientôt fixés : dans une semaine, le parcours du Tour 2004 est dévoilé.

— Espérons... En attendant, si j'ai bien compris,

tu n'as pas fait que regarder le puy de Dôme à Clermont.

— Non, je suis allé aux archives départementales avec ma tante, et j'y ai trouvé le dossier du procès d'un certain Jean-Baptiste Guérini.

— Quelqu'un de ta famille ?

— Mon arrière-arrière-grand-père. C'est ma tante qui me l'a appris. Et devine de quoi il a été accusé.

— Je ne sais pas...

— Du meurtre d'Antoine Faure, le 14 mai 1883 !

— Celui de la croix ?

— Celui de la croix, tout à fait ! Tiens, regarde !

Alexandre lui tendit une épaisse chemise.

— Tu as tout photocopié ?

— Non, on n'a pas le droit de faire des photocopies aux archives. Mais ma tante a un appareil photo numérique, et elle a tout photographié feuille par feuille ! Après, on a imprimé avec son ordinateur.

— C'est une femme moderne, ta tante, alors !

Alexandre laissa son ami parcourir le dossier quelques instants, avant de dire :

— Bon, tu ne vas pas tout lire maintenant. Je te le prêterai, si tu veux. Je vais te faire un petit résumé de l'affaire.

— Je t'écoute !

— Donc, le 14 mai 1883, on a retrouvé le corps d'Antoine Faure au bord du chemin de Montgheol.

Il avait été tué d'un coup de couteau dans le ventre. Un témoin a affirmé avoir vu Jean-Baptiste Guérini sur les lieux du crime, un couteau ensanglanté à la main : pris sur le fait, mon ancêtre s'est enfui en courant. Il s'est caché dans les bois, mais il a été arrêté trois jours plus tard. Il a été ensuite reconnu coupable du meurtre, et condamné au bagne à perpétuité.

— Uniquement à cause de ce témoignage ?

— Non, pas uniquement. D'autres témoins l'ont aperçu pendant sa fuite. Tiens, regarde.

Alexandre fouilla dans la chemise renfermant le dossier du procès, et en sortit une feuille qu'il tendit à Julien.

— C'est un plan, dit-il. Un plan de reconstitution des faits.

Julien l'observa quelques instants.

— C'est drôlement bien fait, dit-il. On reconnaît tout à fait les lieux : le chemin de Montgheol, la forêt de Montcoudoux, le moulin de la Rodde... Ces pointillés rouges, qu'est-ce que c'est ?

— Ça représente le parcours de Jean-Baptiste Guérini lors de sa fuite. Il a été reconstitué d'après les témoignages des personnes qui l'ont vu passer à différents endroits.

— Impressionnant ! Je ne pensais pas qu'ils allaient aussi loin dans leurs enquêtes, à l'époque. Je croyais que la justice était bâclée, vite expédiée...

— Moi aussi j'ai été surpris. Mais cette reconstitution, ces témoignages, ce n'était pas tout. Car on lui a trouvé des mobiles, à mon arrière-arrière-grand-père. Il était scieur de long, tout comme Antoine Faure d'ailleurs, et…

— Attends ! C'est quoi, un scieur de long ?

— Ah oui… C'est ma tante qui m'a expliqué. Les scieurs de long, c'étaient des hommes jeunes qui étaient paysans, mais qui quittaient leur domicile de novembre à mai, pendant qu'on n'avait pas besoin d'eux à la ferme. Ils partaient assez loin pour faire des travaux forestiers dans d'autres régions. Le but était de rapporter le plus d'argent possible à la maison, pour faire vivre la famille. Et justement, d'après les témoignages du procès, Antoine Faure rapportait toujours beaucoup d'argent de ses campagnes de sciage. Jean-Baptiste Guérini, par contre, avait plutôt tendance à tout dépenser sur place et à rentrer les poches vides.

— Je vois…

— Mon arrière-arrière-grand-père avait de gros problèmes d'argent. En plus, toujours d'après les témoignages, il devait de l'argent à Antoine Faure.

— Donc, il l'aurait tué pour des histoires de fric !

— Exactement. C'est en tout cas le mobile qui a été retenu au procès. Surtout qu'Antoine Faure avait été entièrement dépouillé de ses biens. Et aucun papier n'avait été signé au sujet des dettes de Jean-Baptiste Guérini.

— D'où un double mobile : en tuant Antoine Faure, Jean-Baptiste Guérini annulait sa dette et en plus, il se remplissait la bourse !

— Bravo ! C'est ça ! Enfin, c'est ce qui a été dit au procès. Mon arrière-arrière-grand-père, lui, a bien reconnu qu'il devait de l'argent à Antoine Faure et qu'il avait des problèmes financiers. Mais il s'est déclaré incapable de tuer pour ça, et il a nié tout au long du procès.

— Malgré tous les témoins qui l'ont aperçu ?

— Oui. Il a prétendu être arrivé sur les lieux du crime peu de temps après que le meurtre a été commis. Il a dit avoir vu un corps qui gisait par terre, un couteau planté dans le ventre, et s'être précipité pour retirer l'arme, pensant que ça pourrait peut-être sauver Antoine Faure. Mais c'était trop tard. Il a alors aperçu un gars qui approchait. C'était le fameux témoin, qui a aussitôt crié « à l'assassin ! » Jean-Baptiste a tout de suite paniqué. Il a eu peur qu'on l'accuse de ce meurtre et s'est enfui en courant. Un peu plus loin, il a jeté le couteau dans les buissons, et personne n'a jamais retrouvé l'arme. Voilà, c'est sa version des faits...

— C'est un peu gros, quand même.

— Certes, c'est un peu gros. D'ailleurs, ça n'a

pas convaincu le jury, qui n'a pas hésité à l'envoyer au bagne. Voilà, tu sais tout maintenant... Enfin non, pas tout. J'ai oublié de te parler d'un témoin qui a déclaré avoir vu un homme rôder sur les lieux du crime. Un homme vêtu de noir qu'il n'a pas pu identifier, mais qui n'était pas mon ancêtre. Ce coup-ci, tu sais tout.

Julien resta silencieux un long moment. Il prit le dossier du procès, le parcourut tout en lançant des regards admiratifs en direction de son ami, et finit par dire :

— Ça viendrait donc de ça, la mauvaise réputation des Guérini.

— Ça me semble évident... Tu as donc devant toi le descendant direct d'un assassin. De l'assassin de ton ancêtre en plus, si ça se trouve. Ça ne te fait pas peur ?

Julien se mit à rire en disant :

— Non, ça ne me fait pas peur ! Mais alors vraiment pas peur !

Plus sérieusement, il ajouta :

— D'abord, je n'en sais rien si c'est mon ancêtre, cet Antoine Faure. Je ne sais pas si tu as remarqué, mais presque la moitié des gens s'appellent Faure ici ! Et puis, c'est de l'histoire ancienne...

— Oui, enfin, pour les habitants du village, on ne dirait pas que c'est de l'histoire ancienne.

— Tu sais, ça n'a rien d'étonnant. Il s'agit quand même d'un meurtre ! Tu imagines, à l'époque, le tapage que ça a dû faire au village ! Il y a de quoi marquer les esprits pour longtemps.

— Euh... oui. D'ailleurs, tous les témoins du procès ont dit qu'Antoine Faure était très apprécié à Montbeyssoux, et qu'ils étaient scandalisés par la lâcheté du crime. D'autant plus qu'il laissait une veuve et quatre enfants.

— En plus ! Tu sais, à mon avis, à partir de ce moment-là, on a dû cataloguer : Guérini, assassin, et la Bournerie, maison d'assassin. Depuis, la rumeur s'est transmise de génération en génération.

— D'accord, mais... en y réfléchissant, il y a un truc que je trouve bizarre.

— Quoi ?

— Si cette rumeur s'est transmise de génération en génération, comment ça se fait que personne ne soit au courant du crime ?

— Non, ce n'est pas si bizarre que ça. Cette rumeur existe toujours, OK ? Mais au fil des années, elle a eu le temps de se déformer, ce qui fait que maintenant, plus personne ne sait sur quoi elle est fondée.

— À part nous deux !

—À part nous deux, c'est vrai. Tu sais, à Montbeyssoux, il y a des gens qui ne se parlent pas depuis des années. Sans savoir pourquoi ! Et puis un jour, on apprend que leurs grands-pères s'étaient disputés il y a très longtemps. Souvent pour pas grand-chose. Pour un bout de terrain, ou pour une poule disparue... Alors, tu imagines pour un meurtre !

— J'imagine, oui...

Après une courte réflexion, Julien reprit la parole :

— Alexandre, c'est super que tu aies trouvé ça, c'est vraiment super. Mais malheureusement...

— Malheureusement quoi ?

— Je ne vois pas en quoi ça pourrait résoudre tes problèmes. Ça pourrait même les aggraver.

— Pourquoi ?

— Imagine. Si les gens apprenaient tout ça, tu ne crois pas qu'ils se mettraient à vous détester encore plus, toi et tes parents ? Descendants d'un assassin ! De l'assassin d'un Faure en plus ! Et vu le paquet de Faure qu'il y a à Montbeyssoux, il y a toutes les chances pour que beaucoup d'entre eux soient des descendants d'Antoine !

Alexandre se retrouvait brusquement mis face à la réalité, brisé dans son enthousiasme. Il réfléchit un moment, puis finit par répondre :

— Tu as raison...

CHAPITRE 11

Ce mardi soir, à la fin des cours, Alexandre quitta la salle de classe rapidement. Il marcha d'un bon pas dans les couloirs, cartable sur le dos, et se dirigea vers la partie du bâtiment réservée à l'administration. De là, il descendit un petit escalier sans faire de bruit, en lançant d'incessants regards autour de lui afin de vérifier que personne ne le voyait. Il atteignit le sous-sol du bâtiment, pénétra dans la chaufferie et se dirigea vers une petite porte qui donnait sur l'extérieur. Il l'entrouvrit, passa la tête et regarda à droite, à gauche… Personne ! La voie était libre. Alexandre se glissa dehors et referma la porte derrière lui, sans faire de bruit. Cela faisait plus d'un mois que systématiquement, il passait par là pour quitter le collège. Ça lui permettait d'éviter de traverser la cour de récréation et de se retrouver devant l'entrée principale où stationnaient généralement Stéphane Faure et sa bande.

Alexandre marchait rapidement. Il avait une fois de plus rendez-vous avec Julien, sous le gros chêne. Arrivé au bout de la rue, il s'arrêta et hésita. D'habitude, il prenait à droite et contournait le centre du bourg pour rejoindre le chemin menant au repaire. Mais cette fois-ci, il décida de continuer tout droit pour tester un raccourci.

Alexandre s'enfonça dans les ruelles de Montbeyssoux. Il tourna à droite, puis à gauche, puis encore à droite... et finit par échouer au bout d'une impasse longue et étroite, bordée de petites maisons mitoyennes. Il fit alors demi-tour, se fixant pour objectif d'atteindre la place de l'église d'où il pourrait à nouveau se repérer. Il avait déjà parcouru une trentaine de mètres lorsqu'il s'arrêta net. Une sueur froide lui traversa le corps : au bout de la rue, trois personnes marchaient à sa rencontre. Il reconnut Stéphane Faure et deux de ses acolytes.

Pris de panique, Alexandre regarda de tous les côtés : aucune issue. Et inutile de faire demi-tour, sous peine de se retrouver bloqué au bout de l'impasse. Courageusement, il alla au devant de ses trois ennemis qui ne manquèrent pas de lui barrer la route en le toisant méchamment.

— Tiens donc ! Guérini ! Quelle bonne surprise ! dit Stéphane Faure. On ne te voit pas très souvent, au village. Tu as peur ? Tu te planques ?

Comme à chaque fois qu'il avait affaire à cette bande de brutes, Alexandre ne sut que répondre. Il était paralysé par la peur.

— Qu'est-ce que tu viens fouiner dans cette rue, hein ? Qu'est-ce que tu viens faire ? Tu sais que c'est ici que j'habite ?

— Euh… non, répondit Alexandre d'une toute petite voix.

Stéphane Faure l'attrapa par le col et le plaqua violemment contre un mur.

— Tu te fiches de moi ? Tu sais très bien que j'habite ici. Qu'est-ce que tu venais faire, hein ? Qu'est-ce que tu venais faire ? ajouta-t-il en hurlant presque et en secouant Alexandre qui se mit à paniquer.

— Au secours ! cria-t-il avant que l'un des comparses de Stéphane Faure ne lui plaque la main sur la bouche pour le faire taire.

— Crie pas comme ça, Guérini, crie pas comme ça. On va pas te manger, hein les gars ?

— Non, on va juste prendre un droit de passage, puisque tu as pénétré sur notre territoire. Allez, Guérini, file ton fric !

— J'en ai pas, j'vous jure !

— Tu mens, Guérini ! Je suis sûr que t'en as. Allez, envoie le pognon !

— J'en ai pas, j'vous dis. Vous pouvez me fouiller.

— On va pas se gêner, puisque tu nous le proposes !

Pendant que ses deux comparses maintenaient fermement Alexandre, Stéphane Faure le fouilla entièrement. Il finit par sortir un billet de vingt euros de la poche arrière de son jean.

— Alors comme ça, tu n'as pas de fric !

Alexandre se rappela à cet instant que sa mère lui avait confié ce billet pour qu'il fasse quelques courses en sortant du collège.

— T'es un menteur, Guérini ! dit Stéphane Faure en saisissant Alexandre par le col et en le secouant de plus belle. T'es bien un Guérini, tiens ! T'es comme tous ceux de ta race, un menteur ! Je ne sais pas ce qui me retient de te mettre mon poing dans la figure. D'ailleurs, je crois bien que je vais le faire.

Terrorisé, Alexandre vit son ennemi juré serrer le poing et armer son bras droit. Il sentit à nouveau une main se plaquer sur sa bouche, lui interdisant tout cri. Résigné, il ferma les yeux, et s'attendit à recevoir un coup de poing dans la figure pour la première fois de son existence.

— Tu vas te calmer maintenant, Stéphane ! fit une voix qui ne lui était pas inconnue.

Alexandre rouvrit les yeux et aperçut Christian Pastourel, le professeur de français, qui tenait fermement le bras de Stéphane Faure.

— Vous n'avez pas honte ? Trois gros costauds

contre un seul pas bien gros ! Des lâches, vous n'êtes que des lâches !

M. Pastourel lâcha le bras de Stéphane Faure, puis se contenta de fixer les trois jeunes garçons d'un regard sévère. Face à leur professeur, ils n'osaient rien dire. Ils relâchèrent aussitôt Alexandre, lui rendirent son billet et s'en allèrent en silence, tête basse.

Complètement abasourdi par ce qu'il venait de vivre, Alexandre les regarda s'éloigner, sans parvenir à dire quoi que ce soit. Ce fut son professeur qui brisa le silence :

— Ça va, Alexandre ? Pas eu trop peur ?

— Euh... non. Enfin, si. Merci, monsieur. Sans vous, j'étais fichu. Merci.

— Il n'y a pas de quoi, c'est normal. N'importe qui aurait agi de la sorte à ma place. Ce sont vraiment des brutes, ces trois-là.

— J'avais remarqué...

— Il faudrait que tu apprennes à te défendre, Alexandre ! Tu n'as jamais songé à faire un sport de combat ?

— Non... Là où j'habitais avant, je n'en avais pas besoin. Tout le monde était sympa avec moi. Enfin... je n'avais pas d'ennemis.

— C'est vrai qu'ils ne sont pas très accueillants, dans ce bled.

— C'est vrai, oui…

Alexandre aurait voulu en dire plus, car il savait qu'il n'avait pas affaire à une simple histoire de mauvais accueil. Mais il n'osa pas. Il se contenta de renouveler ses remerciements à son professeur et s'en alla rejoindre Julien dans les bois. En passant par le chemin habituel, cette fois, sans chercher de raccourci.

CHAPITRE 12

Tout en marchant sur le sentier menant au gros chêne, Alexandre ne cessait de repenser à l'incident qui venait de se produire. Il était encore sous le choc. Il revoyait le poing levé de Stéphane Faure, prêt à lui frapper le visage, il sentait encore sa main lui agrippant le col et le secouant violemment. Ses oreilles résonnaient des phrases prononcées par ces trois énergumènes. Alexandre accéléra le pas, puis se mit à courir, de plus en plus vite. Il aurait eu envie de crier mais il se retint, car il ne devait pas prendre le risque de se faire repérer. Arrivé à proximité du trou, il ralentit le pas et regarda attentivement autour de lui avant de reprendre sa course jusqu'au repaire où l'attendait Julien.

— Salut Alexandre ! Alors, ce coup-ci, ça y est, la saison cycliste est terminée. Pas trop triste ?

— Non, non…

Alexandre s'assit à côté de son ami. Il se prit la tête entre les mains et fondit en larmes.

— Alors ? Qu'est-ce qui t'arrive ? demanda Julien. C'est la fin de la saison cycliste qui te met dans cet état ?

Alexandre fit non de la tête.

— J'en ai marre ! J'en ai marre ! dit-il tout en sanglotant.

— Mais... qu'est-ce qui se passe ? lui demanda Julien.

Alexandre ne put répondre tellement il pleurait. Il se contenta de répéter :

— J'en ai marre, j'en ai marre...

Une fois la crise de larmes passée, Alexandre, reprenant ses esprits, raconta en détails son altercation avec Stéphane Faure et ses deux compères, ainsi que l'intervention providentielle de M. Pastourel.

— Décidément, fit Julien, ça doit être dans les gènes des Pastourel, de prendre la défense des faibles.

— Pourquoi ?

— Tu n'es pas au courant ? Christian Pastourel est le descendant direct de Louis Pastourel !

— Et qui c'est, celui-là ?

— Un voleur qui a sévi dans la région, il y a longtemps. Mais attention, pas n'importe quel voleur : un voleur au grand cœur, une espèce de Robin des Bois qui volait aux riches pour redistribuer aux pauvres. C'était un véritable héros, dans le coin.

— En attendant, son descendant ne sera pas toujours au bon endroit et au bon moment. Et comme je te le disais tout à l'heure, j'en ai marre. Mais alors vraiment marre ! Il faut que je trouve une solution, car je vais craquer si ça continue comme ça.

Un long silence suivit. Alexandre resta prostré, la tête dans les mains, et Julien ne savait que dire pour réconforter son ami.

— Quand je pense que tout ça, c'est à cause d'une histoire vieille de cent vingt ans ! finit par dire Alexandre, relevant la tête et laissant apparaître son visage aux yeux encore rougis par les larmes. Tout ça parce que mon ancêtre a été accusé d'un meurtre. D'un meurtre qu'il n'a même pas commis, si ça se trouve !

— Qu'est-ce qui te fait dire ça ?

— Il a toujours nié.

— Mais tu oublies qu'il y a beaucoup de criminels qui n'avouent jamais.

— Et il y en a aussi qui finissent par craquer. Mais il y a autre chose. Il y a ce témoignage dont on n'a pas tenu compte au procès.

— Lequel, déjà ?

— Celui du type qui disait avoir aperçu un homme habillé de noir sur les lieux du crime. Un homme qu'il n'a pas réussi à identifier, mais qui n'était pas Jean-Baptiste Guérini.

— Tu penses donc que ton ancêtre n'était pas coupable.

— Je pense, oui. Rien n'est sûr, c'est évident, mais... je crois que ça me fait du bien de me dire qu'il n'était pas un assassin. Il a beau être né il y a cent cinquante ans, c'était quand même mon arrière-arrière-grand-père, mon ascendant direct. Et mine de rien, c'est un peu comme si on accusait mon père.

Les deux garçons observèrent à nouveau un long silence. Julien compatissait à la détresse de son ami, qui était plongé dans de profondes réflexions. Alexandre finit par reprendre la parole :

— Tu imagines, si on arrivait à prouver que ce n'était pas lui l'assassin ! Que toute cette rumeur repose sur quelque chose de faux !

— J'imagine, oui... Ça pourrait être le commencement de la fin de tes soucis.

— Le commencement de la fin, comme tu dis. Je crois même que c'est la seule et unique solution pour que mes ennuis s'arrêtent un jour.

— Sûrement... Mais c'est malheureusement impossible.

— Et pourquoi donc ?

— Pourquoi ? Ça me semble évident. Ce crime a eu lieu il y a cent vingt ans, n'oublie pas. Ça fait belle lurette que l'assassin est mort ! Et tous les témoins aussi !

— Peut-être… Mais tu sais, j'ai beaucoup réfléchi depuis mon passage aux archives, et je suis persuadé qu'il serait possible de mener notre enquête.

— Ah bon ? Et comment tu t'y prendrais ?

— Comme les grands ! Comme ceux qui mènent de vraies enquêtes dans les films policiers.

— C'est-à-dire ?

— C'est-à-dire qu'on pourrait d'abord chercher des indices sur le lieu du crime.

— Vers la croix…

— Tout à fait. D'ailleurs, on a de la chance, on sait exactement où il a eu lieu, ce crime.

— Mouais… Et ensuite ?

— Toujours comme dans les films ! On voit souvent l'enquêteur qui consulte des fichiers ou des bases de données informatiques.

— Ouais, mais l'informatique en 1883…

— L'informatique, non. Mais des papiers, il y en avait, et on peut les consulter.

— Tu penses aux archives ?

— Bien sûr ! Et je compte bien y retourner le plus vite possible.

— Et qu'est-ce que tu vas y chercher, exactement ?

— Euh… je n'en sais rien pour l'instant. Mais je demanderai à ma tante Jeanne, elle saura sûrement me conseiller. Elle connaît les archives par cœur.

— Elle est au courant de cette histoire ?

— Bien sûr ! Je lui ai tout raconté. Alors, tu marches avec moi ?

— Euh... tu es sérieux ? Tu veux vraiment enquêter ?

— Bien sûr que je suis sérieux ! De toute façon, qu'est-ce que ça nous coûterait d'essayer ?

— Rien ! Rien du tout, certes... Je trouve même ça plutôt amusant. Mais bon, je n'y crois pas trop...

— Moi, je veux y croire. De toute façon, c'est ma seule chance. Alors ?

L'enthousiasme d'Alexandre faisait plaisir à voir. Julien se disait qu'il s'était trouvé un sacré farfelu comme ami. Mais ça lui plaisait bien, dans le fond. Aussi n'hésita-t-il pas longtemps avant de répondre :

— Alors c'est OK. Je marche avec toi !

CHAPITRE 13

Le lendemain, Alexandre se leva à sept heures et descendit aussitôt prendre le petit déjeuner. Ses parents furent surpris de le voir debout si tôt en ce premier jour des vacances de Toussaint.

— Installe-toi, lui dit sa mère, et goûte-moi donc ce que je viens de préparer : des bananes marinées dans du lait de coco !

— OK, je goûte. Mais ne me fais pas croire que tu as fait ça avec des fruits du jardin !

Plongé dans ses pensées, Alexandre mangea sans dire un mot. Ce fut tout juste s'il entendit son père se satisfaire de son surcroît d'activité.

— J'ai de plus en plus de commandes, dit-il, et tous mes clients sont contents de mon travail. C'était un pari risqué que de me mettre à mon compte, mais je crois qu'il est en passe d'être gagné.

Dès la fin du repas, madame Guérini partit au travail, laissant ses mari et fils en tête à tête.

— Alors Alexandre, à quoi comptes-tu occuper ces dix jours de vacances ?

— Je n'en sais rien... Déjà, aujourd'hui, je vais aller me promener dans les bois. Flâner, méditer...

— Tout seul, je suppose.

— Tout seul, oui...

— Ça ne te pèse pas trop de ne pas avoir de copains ?

— Un peu, si... Mais je commence à m'y habituer. Je crois même que je prends goût à la solitude.

— De toute façon, tout n'est pas perdu. Tu finiras bien par t'en faire, des amis.

— J'espère...

— En attendant, le boulot m'appelle. Bonne promenade, Alexandre. Flâne bien, médite bien... Et surtout, profite de la nature ! Emplis tes poumons d'air pur !

Avant de se lever pour se diriger vers l'escalier, il ajouta :

— Et ce n'est pas à Paris que tu aurais pu faire tout ça !

Dès que son père eut regagné son bureau, Alexandre se mit à tourner en rond dans la maison, trépignant d'impatience. Julien n'étant pas très matinal, il ne lui avait donné rendez-vous qu'à dix heures, devant la croix.

À neuf heures, n'y tenant plus, il se mit en route et arriva au lieu de rendez-vous avec plus de trente minutes d'avance. Il commença à parcourir les alentours en regardant par terre, dans les buissons, au pied des arbres… Il commençait déjà à se dire que ses recherches risquaient d'être longues et fastidieuses lorsque Julien arriva. Il portait un drôle d'appareil : une espèce de longue tige avec une poignée et, au bout, un disque de métal noir.

— Salut Julien ! Qu'est-ce que c'est que cet engin ?

— C'est une poêle à frire !

— Une poêle à frire ?

Julien rigola un bon coup avant de poursuivre :

— C'est comme ça qu'on appelle les détecteurs de métaux. Tu ne trouves pas que ça ressemble à une poêle à frire ?

— C'est vrai, oui. Mais où est-ce que tu as trouvé ça ?

— Dans le garage de mon oncle. Il a accepté de me le prêter. Je me suis dit que ça pourrait nous faciliter les recherches.

— Et il t'a demandé pourquoi tu lui empruntais ?

— Oui, et je lui ai juste dit que je voulais jouer avec. Jouer au chercheur de trésor… Et il n'a pas insisté. Bon, on attaque ?

— On attaque ! Moi, je vais chercher à mains nues, des fois qu'on trouve un objet non métallique !

Les deux garçons commencèrent à chercher. Accroupi, Alexandre inspectait scrupuleusement chaque centimètre carré de terrain, pendant que Julien balayait le sol avec son détecteur de métaux. Il ne fallut pas longtemps avant que ce dernier émette un bip.

— Alexandre, écoute ! Il y a quelque chose !

Julien s'immobilisa, agrippant fermement son engin qui continuait à sonner. Alexandre se releva et se précipita pour fouiller sous le disque métallique du détecteur.

— Rien ! Je ne vois rien, dit-il après quelques secondes de recherche.

— Il faut creuser ! Il y a forcément quelque chose là-dessous. Ou alors, ça veut dire que c'est de la camelote, cet engin !

Alexandre se mit à gratter la terre de ses mains.

— Continue, continue ! lui ordonna Julien. Écoute, ça sonne !

— Oui, ben justement, si tu pouvais écarter cet engin, ça m'arrangerait. Il m'énerve, ce bip. Viens donc m'aider à creuser, plutôt !

Julien posa l'appareil par terre et se mit à gratter le sol avec son ami. Afin de ménager leurs ongles, les deux garçons s'aidèrent de petits morceaux de bois. Ils dégagèrent de nombreux petits cailloux, des bouts de racines, et furent rapidement récompensés de leurs efforts :

— Regarde ! Là ! s'exclama Alexandre. On dirait du métal !

Ils grattèrent de plus belle et finirent par dégager un petit objet métallique rond, recouvert de terre.

— On dirait une pièce de monnaie, dit Julien en l'observant. Ou une médaille.

Alexandre ouvrit son sac à dos et en sortit une petite bouteille d'eau. Il en versa un peu sur l'objet qu'il frotta à l'aide de son mouchoir, afin de le nettoyer. C'était bien une pièce de monnaie.

— Une pièce de deux francs ! s'exclama Julien.

— Et qui date de 1878 !

— Bon, ça ne nous apprend pas grand-chose, mais on est sûrs de fouiller au bon endroit.

— Qu'est-ce qui te fait dire ça ?

— S'il y a eu un meurtre ici, il est tout à fait possible qu'une pièce de monnaie soit tombée de la poche de l'assassin ou de la victime.

— Ou de n'importe quelle autre personne qui serait passée par là. Une coïncidence…

— Effectivement. Mais tu avoueras que c'est tout de même une coïncidence troublante. Surtout que la pièce date de 1878. Bon, allez, continuons !

Et ils continuèrent. Mais au bout de presque deux heures de recherches, ils n'avaient trouvé en tout et pour tout qu'une autre pièce de monnaie, datée de 1881.

— Bon, dit Julien en s'asseyant sur une grosse pierre. Pas très concluant, notre histoire. Enfin, on a au moins trouvé ces deux pièces. On pourra toujours les revendre à un numismate.

— À un quoi ?

— Un numismate. Un collectionneur de pièces de monnaie, si tu préfères.

Alexandre s'assit à son tour, et ouvrit son sac à dos. Il en sortit la chemise cartonnée dans laquelle il avait rangé le dossier du procès de son ancêtre, et commença à le feuilleter.

— Tu cherches quoi ? lui demanda Julien. Tu regardes s'il est question de pièces de monnaie perdues par ton ancêtre ?

— Très drôle… Non, je cherche autre chose. Tu vas voir.

Tout en continuant à fouiller dans ses papiers, Alexandre ajouta :

— C'est ton détecteur de métaux qui m'a donné une idée.

— Mon détecteur de métaux ?

— Oui. Ils n'en avaient pas, à l'époque.

— Et alors ?

— Et alors, souviens-toi : mon ancêtre a dit qu'il avait pris la fuite, et qu'il avait jeté le couteau dans la nature.

— Oui, et ce couteau n'a jamais été retrouvé.

— Exact, sauf qu'à l'époque, ils n'avaient pas de détecteur de métaux.

— Et nous on en a un, d'accord. Mais où veux-tu chercher ? Tu veux passer toute la forêt au détecteur ? On y sera encore en 2034 !

— Toute la forêt, non. Mais le chemin que mon ancêtre a parcouru durant sa fuite, on le connaît.

— Ah bon ?

— Oui, regarde !

Alexandre sortit une feuille du dossier, et la tendit à son ami qui se rappela aussitôt :

— Ah oui, le fameux plan de reconstitution !

— Oui. En pointillé rouge, il y a le parcours qu'a dû emprunter Jean-Baptiste Guérini durant sa fuite, d'après divers témoins.

— Hum… Sacré parcours. Il a dû courir un bon moment, ton ancêtre. Et nous, ça nous fera quand même un sacré bout de chemin à passer au détecteur de métaux.

— Non, pas tant que ça. Regarde.

Alexandre suivit le pointillé du doigt, en partant du lieu du crime, et s'arrêta à un croisement de chemins.

— À cette intersection, il est indiqué qu'un témoin l'a vu passer les mains vides. Il a donc dû jeter le couteau entre le lieu du crime et cet endroit, ce qui va considérablement limiter nos recherches.

— Mouais… mais quand même !

— Écoute, si ça t'ennuie, j'irai tout seul. Sauf que…

— Sauf que tu n'as pas de détecteur de métaux, c'est ça ?

— Euh… oui…

— Eh bien j'irai avec toi, va ! On va essayer de le retrouver, ce chemin parcouru par ton ancêtre.

Julien regarda attentivement le plan.

— Hum, ça va être difficile, dit-il, surtout pour le début du parcours. Il a dû couper à travers bois, ou emprunter un chemin qui n'existe plus.

— Un chemin qui n'existe plus ?

— Oui. Beaucoup de chemins disparaissent. S'ils ne sont pas entretenus, ils ont vite fait d'être envahis par la végétation. Mais il y en a d'autres qui apparaissent, heureusement. Ils sont souvent ouverts par des bûcherons.

Julien continua à observer attentivement le plan.

— Disons que ça devient facile à partir du croisement de chemins, dit-il.

— C'est-à-dire à partir de l'endroit où mon ancêtre a été aperçu sans le couteau.

— C'est ça. Là, je reconnais le chemin. Il existe toujours. Mais pour la partie qui nous intéresse, je ne vois pas trop comment faire.

Alexandre prit le plan et le regarda attentivement. Il réfléchit longuement avant de lancer :

— Je crois que j'ai une idée. Tu es libre demain ?

— Oui. Tu sais, c'est les vacances…

— Et tu auras toujours le détecteur de métaux ?

— Oui, à moins que mon oncle en ait besoin, mais ça m'étonnerait.

— Alors, rendez-vous ici demain matin à neuf heures !

CHAPITRE 14

De retour chez lui, Alexandre se précipita dans sa chambre et alluma l'ordinateur. Il fouilla dans ses tiroirs et en sortit une carte IGN de la région. Il en scanna la partie correspondant au lieu du crime. Ensuite, il inséra le cédérom comportant toutes les photos prises aux archives avec sa tante, et ouvrit le fichier intitulé « plan rec ». Le plan de reconstitution du crime apparut. À l'aide d'un logiciel de retouche d'images, il dessina à l'écran un trait noir qui suivait scrupuleusement le tracé du pointillé rouge indiquant le chemin parcouru par Jean-Baptiste Guérini, d'après les témoins. Il partit du lieu du crime et s'arrêta à l'intersection entre deux chemins, à l'endroit où un témoin avait aperçu son ancêtre les mains vides, sans son couteau. Il copia ensuite ce trait noir et le colla sur le scan de la carte IGN, sur laquelle il repéra le lieu du crime, ainsi que l'intersection entre les deux chemins. Puis il agrandit la carte progressivement, jusqu'à ce que les points correspondent parfaitement. Il ne lui restait plus qu'à imprimer le tout. Dès que l'imprimante eut fini de travailler, Alexandre saisit la feuille et contempla son œuvre : il avait réussi à transcrire le parcours de son ancêtre sur une carte actuelle !

Le lendemain matin, Julien était pile à l'heure au rendez-vous. Alexandre lui montra fièrement sa carte, et lui expliqua toutes ses manipulations informatiques de la veille.

— Mais qu'est-ce que c'est, ces chiffres que tu as marqués le long du trait ? 679.569, 2063.535... demanda Julien.

— Ce sont des coordonnées GPS. C'est ça qui va nous permettre de suivre le parcours.

— Et comment va-t-on faire ?

— Tu vas voir.

Alexandre ouvrit son sac à dos, et en sortit un petit boîtier noir.

— Regarde, dit-il, il n'y a pas que toi qui apportes des appareils modernes !

— Qu'est-ce que c'est que cet engin ?

— Un GPS !

— Tu as un GPS, toi ?

— Moi non, mais mon père, oui. C'est son nouveau jouet, il s'en sert quand il va faire de la randonnée.

— Et comment ça marche ?

— C'est très simple : l'appareil affiche les coordonnées de l'endroit où tu te trouves, au mètre près ! Regarde.

Alexandre se plaça juste à côté de la croix et demanda à Julien de lire les chiffres qui apparaissaient à l'écran.

— 679.565, 2063.532

— OK, et maintenant, regarde ceux que j'ai notés sur le plan, à cet endroit.

— 679.565, 2063.532. Incroyable !

— Entre ton détecteur de métaux et mon GPS, on devrait bien trouver quelque chose. Allez, c'est parti !

Les deux garçons avancèrent doucement dans la forêt, au milieu des arbres, marchant sur un tapis de feuilles mortes. Alexandre tenait son GPS d'une main, sa carte de l'autre, et montrait le chemin à Julien, qui le suivait en balayant le sol avec son détecteur de métaux.

Ils progressaient lentement, très lentement. Trop lentement. En fin de matinée, ils n'avaient même pas parcouru le quart du chemin.

— Pff ! Je commence à en avoir marre, dit Julien. Ça fait plus de trois heures qu'on cherche, et tout ce qu'on a trouvé, c'est une boîte de conserve, un fer à cheval, une vieille lanterne et une petite cuillère !

— On n'a qu'à continuer comme ça, et on pourra toujours ouvrir une brocante ! On n'aura pas tout perdu !

— Bon, ce n'est pas tout, mais moi j'ai faim.

Alexandre et Julien s'assirent sur le tronc d'un arbre mis à terre par la tempête de décembre 1999, et sortirent le pique-nique du sac.

— Alors, ce parcours du Tour 2004, qu'est-ce que tu en penses ? demanda Alexandre entre deux bouchées.

— Toujours pas de puy de Dôme, un peu déçu... Mais une belle étape dans la région quand même : Limoges Saint-Flour, avec la montée du Pas de Peyrol, le plus haut col du Massif central.

— Tu vas y aller ?

— Oh oui, j'espère bien. Mes parents ne vont quand même pas me refuser ça. Et toi ?

— Je n'en sais rien. J'aimerais bien...

Alexandre croqua dans son sandwich avant de reprendre :

— Ce serait sympa, si on pouvait y aller ensemble.

— Ce serait sympa, oui...

Regardant Alexandre d'un air attristé, il ajouta :

— Mais j'ai bien peur que ce ne soit pas possible. Tu sais pourquoi...

— Je sais, je sais... Mais bon, d'ici au mois de juillet, les choses auront peut-être évolué. On aura peut-être réussi à disculper mon ancêtre. C'est pour ça qu'on est là, d'ailleurs.

Julien sourit à son ami avant de répondre :

— En tout cas, tu as l'air d'y croire, à cette enquête.

— Bien sûr que j'y crois ! Sinon, je ne la ferais pas. Et puis, de toute façon, c'est mon seul espoir.

— Au fait, tu en as parlé à tes parents ?

— Non. Je ne leur ai même pas parlé de ce que j'avais trouvé aux archives. Il n'y a que ma tante qui est au courant. Et elle m'a promis de ne rien dire.

— Donc, ton père ne sait même pas que son arrière-grand-père a été accusé d'un meurtre et que c'est pour ça qu'on vous déteste.

— Non, il ne sait pas. Et pour l'instant, je n'ai pas envie de lui dire.

— Pourquoi ?

— Je n'en sais rien… J'ai peut-être un peu peur de la réaction de mes parents. Ils sont tellement contents d'être venus s'installer à la Bournerie…

— Malgré le mauvais accueil que vous avez reçu ?

— Oui. J'ai l'impression qu'ils n'en souffrent pas trop, qu'ils s'en fichent un peu. Ils sont complètement dans leur monde depuis qu'on habite ici. Le boulot et le plaisir de vivre à la campagne, il n'y a que ça qui compte. Et puis… je crois que je commence à m'habituer à la clandestinité. Depuis la rentrée de septembre, j'ai pris l'habitude de tout faire en cachette. Alors, cette enquête aussi. Je la mènerai sans qu'ils le sachent !

Le repas terminé, les deux garçons reprirent leurs recherches. Lentement, patiemment... Ils trouvèrent encore quelques objets insolites, mais durent attendre la fin d'après-midi pour voir leurs efforts récompensés.

À un moment où ils n'y croyaient plus, le détecteur de métaux se mit à sonner. Alexandre se baissa, fouilla et commença à gratter la terre. Mais cette fois-ci, il se releva en poussant un long cri de victoire.

— Regarde, Julien, regarde !

— Un couteau !

Ils regardèrent attentivement l'arme : c'était un long couteau dont la lame était complètement rouillée. Le manche en bois avait un peu souffert de son long séjour en plein air, mais il était encore en assez bon état. En l'observant attentivement, les deux garçons virent un petit symbole gravé dans le bois : une croix enfermée dans un cercle. Ils restèrent un long moment sans rien dire, se regardant en souriant béatement de satisfaction.

— Tu te rends compte ? finit par dire Alexandre. L'arme du crime. On a retrouvé l'arme du crime !

CHAPITRE 15

Dès le lendemain matin, Alexandre était dans le car pour Clermont-Ferrand. La tête collée contre la vitre, il ne cessait de penser à sa trouvaille de la veille. À l'enthousiasme qu'elle avait suscité, mais également aux doutes qui avaient suivi. Ce couteau était-il bien l'arme du crime ? Certes, il paraissait vieux, même très vieux. Mais était-ce une preuve ? Quelqu'un pouvait très bien avoir perdu un couteau à cet endroit-là, longtemps auparavant. Et de toute façon, la découverte de cette arme n'apportait pas grand-chose. Hormis peut-être le symbole gravé sur son manche : la croix dans un cercle.

Mais Alexandre n'avait pas l'intention de se laisser abattre. Il était décidé à agir, à poursuivre son enquête. C'était pour cela qu'il se trouvait dans ce car. Prétextant que la ville lui manquait trop, il avait obtenu de ses parents l'autorisation d'aller passer la fin des vacances de Toussaint à Clermont, chez sa tante Jeanne. Avec la ferme intention de retourner aux archives.

Dès son arrivée chez sa tante, il s'empressa de lui raconter toutes ses dernières aventures : son altercation avec Stéphane Faure, l'enquête qu'il avait décidé de mener, la découverte du couteau… Comme à son habitude, Jeanne se montra très enthousiaste. Et fière de son neveu dont elle admirait le courage et la volonté.

— Donc si je comprends bien, dit-elle, tu n'es pas venu ici pour faire du tourisme !

— Pas vraiment, non. J'ai plutôt l'intention de retourner aux archives.

— Parfait ! s'exclama-t-elle. Excellente idée ! Et que veux-tu y chercher, cette fois ?

— Euh… Je ne sais pas trop quoi, exactement. Justement, euh… je…

— Tu comptais sur moi pour t'aider, c'est ça ?

— C'est ça…

— Alors on va manger tôt, et on ira juste après. Comme ça, on aura tout l'après-midi devant nous.

Pendant que sa tante préparait le repas, Alexandre ouvrit son sac à dos et en sortit un plastique transparent qui renfermait le couteau qu'il avait trouvé la veille.

— Regarde, Jeanne. L'arme du crime ! J'ai fait comme les vrais enquêteurs : j'ai mis une pièce à conviction sous scellé !

Jeanne s'approcha, saisit le plastique et observa le couteau attentivement.

— Si je comprends bien, dit-elle, ton problème est de savoir si ce couteau est vraiment l'arme du crime.

— Oui, c'est ça. J'ai quelques doutes, même si j'ai de bonnes raisons de penser que c'est le cas.

Jeanne continua à observer le couteau, un petit sourire malicieux au coin des lèvres.

— Jeanne, quand tu fais ce sourire, ça veut généralement dire que tu as une idée !

— Exact ! Si tu veux bien me prêter ce couteau, je le confierai à Georges dès ce soir.

— Georges ? Qui c'est, celui-là ?

— Un collègue. Il est prof à la fac lui aussi. Mais pas en histoire, en sciences. Dans son laboratoire, il pourra sûrement analyser cette arme.

— Et qu'est-ce qu'il pourrait chercher ?

— Je n'en sais rien, mais lui saura ! Je lui fais confiance. Tu te rends compte ? Tu joues au grand enquêteur et en plus, tu as à ta disposition un laboratoire de police scientifique ! Qu'en penses-tu ?

— J'en pense que décidément, tu as une solution à tous les problèmes… et que tu es vraiment géniale !

* * *

Les trois jours qui suivirent, Alexandre les passa aux archives. Il y arrivait le matin dès l'ouverture et en partait le soir à la fermeture, se contentant d'un sandwich mangé à la va-vite le midi. Sur les conseils de sa tante, il éplucha les archives de Montbeyssoux correspondant à l'époque qui l'intéressait : l'état civil, les recensements de population, les archives notariales... Au fur et à mesure qu'il avançait dans ses recherches, il avait l'impression de redonner vie à des personnages qui avaient vécu dans son village, de reconstituer leur histoire. Au bout de trois jours, c'est comme si ces gens lui étaient devenus familiers, comme s'il les avait connus depuis longtemps. Le vendredi, en fin d'après-midi, Alexandre dut arrêter ses recherches, les archives étant fermées le week-end. Il rentra chez sa tante et s'allongea sur le canapé en attendant qu'elle revienne de la fac. Il repensait à tous les documents qu'il avait trouvés le jour même, en fixant du regard le plafond, qui ne tarda pas à devenir flou. Alexandre sentit ses paupières s'alourdir, et sombra rapidement dans le sommeil.

Un claquement de porte le réveilla en sursaut. Il se redressa sur le canapé et aperçut sa tante qui brandissait un sac en plastique transparent.

— Bingo ! cria-t-elle.

— Le... le couteau ? répondit Alexandre en se frottant les yeux.

— Oui, le couteau ! Ça y est, c'est fait !

Elle attrapa une chaise et s'assit en face de son neveu avant de poursuivre :

— Georges l'a analysé, et il l'a fait en deux temps : le manche, puis la lame. Le manche, il l'a daté au carbone 14. Une chance qu'il soit en bois, d'ailleurs, car il m'a expliqué que seules les matières organiques pouvaient être datées par ce moyen.

— Et alors ? Le résultat ?

— Il est formel : ce manche provient d'un morceau de bois qui est mort vers 1880. Donc, ça correspond !

— Et la lame, qu'est-ce qu'il en a tiré ?

— Il l'a analysée je ne sais comment. Enfin, je devrais savoir car il m'a tout expliqué, mais je n'ai rien compris ou presque. Bref, en tout cas une chose est sûre : il y a eu du sang sur cette lame !

— Du sang ! Et il en est sûr ? Mais comment a-t-il pu le savoir, après tout ce temps ?

— Il m'a expliqué que le fer contenu dans l'hémoglobine persistait, même au bout d'une centaine d'années. Ça, j'ai retenu. Par contre, ne m'en demande pas plus !

Alexandre resta sans voix. Il prit le couteau et le regarda un long moment. L'arme du crime ! Il avait retrouvé l'arme du crime ! Cette fois, il en était sûr.

* * *

Dans le car qui le ramenait à Montbeyssoux, Alexandre repensait à ce couteau. Avec fascination. Cent vingt ans plus tard, il avait réussi là où les enquêteurs de l'époque avaient échoué ! C'était formidable d'avoir retrouvé cette arme qui avait servi à tuer Antoine Faure. Mais qui l'avait tenue ? Alexandre commençait à avoir sa petite idée sur la question...

Il sortit de son sac l'épaisse chemise renfermant tous les documents qu'il avait trouvés aux archives et se mit à les lire. Mais il arrêta rapidement : le car commençait à escalader les premiers contreforts des monts du Livradois. La route devint étroite, très sinueuse, et Alexandre dut fixer son regard sur l'asphalte qui défilait pour ne pas être malade. En arrivant chez lui, il n'avait qu'une seule hâte : s'enfermer dans sa chambre et se replonger dans les archives. Manque de chance, la table était déjà mise, et il ne put éviter de passer par la « case repas », bien que n'ayant pas franchement faim.

— Alors Alexandre, ce séjour en ville, ça s'est bien passé ? lui demanda son père. Tes petits poumons ont fait le plein de monoxyde de carbone ?

— Oh, arrête avec ça ! répliqua madame Guérini. Regarde la mine qu'il a ! Je ne pense pas qu'il ait été malheureux là-bas, pas vrai ?

Alexandre fit non de la tête, un petit sourire aux lèvres.

— Tiens, regarde, ajouta-t-elle. J'ai une surprise pour toi !

Elle plongea la main dans son sac et en sortit un DVD.

— Le Vélo de Ghislain Lambert ! Whouaouh ! Depuis le temps que j'avais envie de le revoir, ce film !

— Je savais que ça te ferait plaisir ! Par contre, il faut le regarder impérativement ce soir. Je l'ai emprunté à une collègue et je dois lui rendre demain.

Alexandre passa donc la soirée à regarder les exploits de Ghislain Lambert, médiocre cycliste belge des années soixante-dix, tout en n'ayant qu'une seule hâte : monter dans sa chambre pour consulter les documents qu'il avait trouvés aux archives. Ce qu'il fit dès que le film fut terminé. Il passa la fin de soirée derrière son bureau, et il était plus d'une heure du matin lorsqu'il alla enfin se coucher. Il eut du mal à trouver le sommeil tellement il était excité. Car il avait une piste.

Mieux encore : il était persuadé de connaître le nom de l'assassin.

CHAPITRE 16

— J'ai trouvé, j'ai trouvé ! s'exclama Alexandre en entrant dans le trou, où Julien l'attendait.

— Tu as trouvé quoi ? L'assassin ?

— Oui, enfin... non... enfin... pas sûr ! Mais presque.

Alexandre s'assit et attendit d'avoir repris son souffle pour continuer :

— Voilà, dans toutes les enquêtes pour meurtre, on commence toujours par se poser la même question, et cette question c'est...

— Ben, qui est l'assassin ?

— Bien sûr, mais pour trouver qui il est, on commence toujours par se poser une question qui est...

— ...

— Qui est : « À qui profite le crime ? »

— Mais cette question, on en a déjà la réponse, vu qu'il a été prouvé que Jean-Baptiste Guérini avait tout intérêt à tuer Antoine Faure, répliqua Julien.

— Justement, j'ai trouvé que ce crime aurait pu profiter à quelqu'un d'autre. Pendant mon séjour à Clermont, j'ai épluché un paquet d'archives de Montbeyssoux et j'en ai tiré quelques conclusions. Alors écoute bien, c'est assez compliqué.

— OK, j'écoute !

— Antoine Faure était le fils de Lucien Faure, un assez gros propriétaire terrien. Il n'avait qu'un seul frère, Gustave Faure, et pas de sœur.

— Ça, je sais !

— Comment ça, tu sais ?

— Moi aussi, j'ai du nouveau, mais je te raconterai plus tard. Continue.

— Bon. Comme ils n'étaient que deux frères, Gustave Faure se retrouvait le seul héritier de son père après le meurtre d'Antoine Faure, tu me suis ?

— Je te suis…

— En plus, peu de temps après le crime, Gustave Faure s'est marié avec… la veuve de son frère !

— Et qu'est-ce que tu en conclus ? demanda Julien d'un ton méfiant.

— Ce que j'en conclus ? Pour moi, c'est clair : c'est Gustave Faure qui a fait le coup. Il tue son frère et comme ça, plus de problème de partage d'héritage. Tout lui revient ! En plus, on peut imaginer qu'il était amoureux de sa belle-sœur et que son crime lui a permis de l'épouser ! À mon avis, c'est lui le bonhomme en noir qu'un témoin a aperçu, et mon ancêtre a dû arriver peu de temps après lui sur les lieux du crime. J'imagine qu'il a dû être content, le Gustave Faure, de voir qu'on accusait mon ancêtre. Trop content de l'envoyer au bagne à sa place, le salaud !

Alexandre parlait avec fougue et enthousiasme. Il était fier d'avoir trouvé tout ça et s'attendait à ce que son ami partage sa satisfaction d'avoir autant avancé dans l'enquête.

Il fut vite déçu. Le visage raidi, le regard sombre, Julien fixait le sol, sans dire un mot.

— Qu'est-ce qu'il y a ? Ça va pas ? demanda Alexandre.

— C'est mon arrière-arrière-grand-père que tu viens de traiter de salaud !

— Ton arrière-arrière-grand-père ?

— Oui ! J'ai mené ma petite enquête de mon côté. Ça me travaillait de ne pas savoir si cet Antoine Faure était mon ancêtre ou pas. Alors, j'ai demandé à mes parents.

— Et ils savaient ?

— Non, ils ne savaient pas. Mais je leur ai dit que je voulais faire mon arbre généalogique et donc connaître le nom de mes ancêtres. Alors, on a fouillé dans les tiroirs de la maison, on a retrouvé des tas de papiers, des vieux livrets de famille… Bref, des trucs qui m'ont appris que Gustave Faure, fils de Lucien Faure et frère d'Antoine Faure, était mon arrière-arrière-grand-père.

Une grosse gaffe. Alexandre s'aperçut qu'il venait de faire une grosse gaffe, et qu'il allait la regretter. Il aurait voulu revenir quelques minutes en arrière, effacer tout ce qu'il venait de dire. Il cherchait ses mots pour tenter de se racheter, mais Julien ne lui laissa pas le temps de parler :

— Et donc si je comprends bien, tu es en train d'essayer de disculper ton ancêtre pour accuser le mien.

— Ben…

— Oui, ben… comme tu dis ! Eh ben moi, dans ce cas-là, je ne marche plus ! Je n'ai pas envie que la fin de tes problèmes soit le début des miens. Là-dessus, salut !

Alexandre regarda son ami s'éloigner d'un pas rapide. Il voulut le rappeler, mais aucun son ne sortit de sa bouche. Il s'en voulait terriblement de s'être montré aussi hâtif dans ses conclusions et de ne pas avoir pensé qu'accuser ainsi un Faure pouvait éventuellement blesser Julien.

Ce dernier avait déjà parcouru une centaine de mètres lorsqu'il se retourna et cria :

— De toute façon, tu n'arriveras jamais à le prouver ! Jamais ! tu m'entends ?

CHAPITRE 17

« Tu joues au grand enquêteur ! » avait dit tante Jeanne. Grand enquêteur… Un pauvre débutant, oui ! ne cessait de se dire Alexandre. Un débutant qui s'était rué sur le premier élément intéressant et qui en avait immédiatement tiré des conclusions, sans chercher à pousser sa réflexion un peu plus loin. Sans penser aux conséquences que cela pourrait avoir.

Résultat : l'enquête l'avait brutalement renvoyé à la case départ, en lui faisant perdre son seul ami.

La vie reprit son cours. Mais son ancienne vie, celle d'avant ses escapades avec Julien, avec le travail scolaire comme principal refuge.

Sa connexion quotidienne à Internet était son seul moment d'espoir. Espoir de recevoir enfin une réponse aux messages d'excuses et de regrets qu'il avait adressés à Julien. Mais la réponse ne venait pas…

Alexandre passait de longues heures enfermé dans sa chambre, à éplucher inlassablement les documents qu'il avait trouvés aux archives, sans trouver le moindre indice qui puisse le mettre sur une nouvelle piste. Alors, petit à petit, il se mit à se persuader de la culpabilité de Gustave Faure. Ça lui permettait de se rassurer, de se dire qu'il n'avait peut-être pas fait tout ça pour rien. Et surtout de ne plus avoir ce sentiment d'être l'arrière-arrière-petit-fils d'un assassin. Par moments, il se surprenait lui-même à en venir à haïr Julien en raison de sa filiation avec Gustave Faure.

N'ayant ce coup-ci vraiment plus un seul ami, il dut se rabattre sur les deux seules personnes qui lui témoignaient encore de l'affection : ses parents. Il aidait souvent sa mère dans ses travaux de jardinage, et en quelques semaines, il devint expert dans le maniement de la bêche, du sécateur et de la débroussailleuse. Dès que son père partait en randonnée, il l'accompagnait, ce qui lui permit de continuer à explorer sa nouvelle région et de profiter de l'air pur. Ce n'était pas à Paris qu'il aurait pu faire tout ça...

Le premier dimanche de décembre fut particulièrement doux, et Alexandre en profita pour partir se balader, découvrir de nouveaux chemins. Il marchait depuis une bonne heure lorsqu'au sortir d'un sentier bordé d'arbres dénudés et rendu boueux par les pluies d'automne, il déboucha sur un petit hameau d'une demi-douzaine de maisons, surplombant le bourg de Montbeyssoux du haut d'une colline. Alexandre s'arrêta un moment pour admirer la vue.

Il était pourtant joli ce village, avec sa grande tour ronde jouxtant le clocher de l'église romane, sa fontaine en roche volcanique et ses petites maisons en pierre d'arkose, aux toits de tuiles rouges à peine inclinés. Si seulement il ne grouillait pas d'ennemis... Au loin, le ciel dégagé laissait apparaître les hauteurs enneigées du massif du Sancy, premier signe d'un hiver qui approchait.

Alexandre reprit sa marche, et s'enfonça à nouveau au milieu des arbres. Il n'avait pas parcouru trois cents mètres lorsqu'il eut une sensation bizarre. Il sentait une présence humaine non loin; c'était comme si quelqu'un le suivait. Il s'arrêta et regarda derrière lui : personne. Il resta immobile, écoutant attentivement le silence que seuls quelques bruissements de feuilles venaient contrarier. Il tendit l'oreille et retint sa respiration pour mieux entendre. Un craquement de branches se rajouta au bruissement des feuilles, et Alexandre ne tarda pas à distinguer une silhouette qui approchait au loin. Il ne put s'empêcher de faire un écart pour se cacher derrière un arbre avant qu'elle n'arrive à sa hauteur.

C'était la silhouette d'un homme de grande taille qui avançait à grandes enjambées, d'une démarche qu'Alexandre finit par reconnaître : Christian Pastourel ! Rassuré, il quitta sa cachette et marcha à la rencontre de son professeur.

— Tiens ! Alexandre ! s'exclama Pastourel. Quelle bonne surprise ! Tu te balades ?

— Oui, je profite du beau temps.

— Tu as bien raison. Mais que fais-tu sur mon territoire, dis donc ? ajouta-t-il, l'air sévère.

— Euh… votre territoire ? Comment ça ? Je ne savais pas… balbutia Alexandre.

Pastourel se mit à rire avant de reprendre, sur un ton qui était redevenu sympathique :

— C'est par ici que j'habite. Dans le petit hameau, là-bas. Tu as dû le traverser pour arriver jusqu'ici. Dis-moi, tu es pressé ?

— Euh… non.

— Alors viens donc chez moi. Je t'invite à boire un verre !

Alexandre ne fut qu'à moitié surpris par cette invitation. Depuis la rentrée de septembre, il avait bien senti que le courant passait entre son professeur et lui. Pourtant, ils n'avaient jamais eu l'occasion de discuter en dehors du cadre scolaire, mis à part quelques semaines plus tôt, lorsque Pastourel était intervenu pour arracher Alexandre des griffes de Stéphane Faure.

Le professeur et l'élève marchèrent jusqu'au hameau et entrèrent dans la première maison. Une vieille demeure de pierre, adossée à une immense grange.

— Bienvenue dans l'antre des Pastourel, Alexandre ! Tu te rends compte ? Cette maison appartient à ma famille depuis 1853 !

1853... Cent cinquante ans ! Alexandre était impressionné. Il entra dans le salon, quelque peu intimidé. Il avait le sentiment d'être en un lieu interdit, dans l'intimité d'un personnage dont le statut parvient à faire oublier qu'il a une vie privée, une maison, des goûts, des passions...

— Excuse-moi pour le bazar, dit Pastourel, mais tu sais ce que c'est quand on vit seul... Enfin, non, tu ne sais pas... Allez, installe-toi donc !

Alexandre prit place dans un fauteuil. Son professeur alla chercher deux verres, une bouteille de soda, et revint s'asseoir en face de lui.

— Alors, Alexandre, ça s'arrange, tes problèmes ? lui demanda-t-il tout en remplissant les verres.

Il n'y allait pas par quatre chemins et entrait tout de suite dans le vif du sujet. Alexandre fit l'étonné :

— De quels problèmes parlez-vous ?

— Allons, tu sais très bien de quoi je parle : de tes problèmes avec Stéphane Faure et sa bande. Et de ton isolement au collège. Tu crois que je n'ai pas vu que tu étais toujours tout seul ?

— Bon, dans ce cas, ma réponse sera claire et nette : non !

— Aïe, aïe, aïe, ça ne m'étonne pas. Décidément, ils ne sont pas accueillants dans ce bled !

— Ce n'est pas ça le problème...

— C'est quoi alors ?

Alexandre détourna son regard de celui de son professeur pour fixer le sol des yeux. Il était comme une cocotte-minute prête à exploser. Il hésitait... Mais après tout, que risquait-il ? N'était-il pas en présence d'une des rares personnes qui lui avait paru sympathique depuis son arrivée ?

Alors d'un seul coup, la soupape lâcha, et Alexandre vida son sac. Il raconta tout : son amitié secrète avec Julien, sa découverte aux archives, son enquête, sa brouille avec Julien, tout ! D'un seul trait.

Au fur et à mesure qu'il avançait dans son récit, un mélange d'étonnement et d'admiration se dessina sur le visage de Christian Pastourel.

— Voilà un bel exemple d'acharnement et d'opiniâtreté ! s'exclama-t-il après le récit de son élève. Mais dis-moi, dans ton enquête, la seule chose que tu aies trouvée pour l'instant, c'est un mobile possible pour Gustave Faure, c'est tout ?

— Oui... Enfin non. J'ai oublié de vous dire qu'avec Julien, on a fouillé autour de la croix avec un détecteur de métaux. On a trouvé deux pièces de monnaie anciennes, et surtout l'arme du crime !

— L'arme du crime ?

— Oui. On a retrouvé un couteau à quelques centaines de mètres de l'endroit où a été commis le meurtre. Un prof de sciences que connaît ma tante l'a analysé dans son laboratoire, et il y a de fortes chances pour que ce soit bien l'arme du crime.

— Et tu l'as conservé, ce couteau ?

— Oui, bien sûr. Il est chez moi. Inutile de vous préciser que je l'ai observé sous toutes ses coutures !

— Et alors ?

— Et alors, rien. Ou presque… J'ai juste remarqué un petit symbole gravé dans le bois du manche : une croix dans un cercle.

— Une croix dans un cercle, tu dis ?

— Oui, pourquoi ? Ça vous dit quelque chose ?

Pastourel hésita quelques secondes avant de répondre :

— Non, non, rien. Rien du tout.

Après une courte réflexion, il ajouta :

— Alexandre, ce que tu as fait est admirable, je te félicite, franchement !

— Merci…

— Mais honnêtement, je pense que tout ça est voué à l'échec. Comment pourras-tu prouver que l'assassin n'est pas ton ancêtre ?

— Je sais, j'y ai pensé. Mais j'ai voulu essayer quand même. Et puis, même si je n'arrive pas à le prouver, ça me fait du bien de me dire que je ne suis pas le descendant d'un assassin.

— Parce que tu en es sûr ?

— Oui. Enfin, j'essaye de m'en convaincre. Je me dis que c'est Gustave Faure qui a fait le coup. Mais je n'ai pas de preuve. Je n'ai que mon « intime conviction », comme ils disent dans les procès.

— Une intime conviction qui t'a fait perdre ton seul ami en attendant.

— Je sais. Et je ne vous cache pas que je préférais l'époque où j'étais ami avec Julien. Mais bon, maintenant que c'est fini avec lui, il faut bien que je me raccroche à quelque chose.

— Écoute Alexandre, je trouve ça formidable, cette volonté que tu as. Mais il faut regarder la réalité en face : tu n'as aucune chance de disculper ton ancêtre. D'un autre côté, il n'y a pas de raison pour que les sentiments des habitants du village à l'égard de ta famille évoluent. Alors réfléchis bien. Tu m'as dit que tes parents, ça ne les tracassait pas trop, tout ça.

— Non... Disons qu'ils se sont fait une raison.

— Bon, tu n'as ni frère ni sœur, donc reste toi. Et toi, tu es en troisième !

— Et alors ?

— Et alors, ça veut dire que l'an prochain, tu seras au lycée.

— Oui, et les autres de ma classe aussi.

— Et les autres de ta classe aussi, d'accord. Mais normalement, tu dois aller au lycée d'Ambert, comme eux.

— Oui.

— Eh bien, si tu demandes une dérogation pour aller à celui d'Issoire, je te promets que je ferai tout ce que je pourrai pour qu'elle soit acceptée. Et dans ce cas-là, réfléchis. Tu as encore tout le reste de l'année scolaire à tenir, et après, fini les problèmes !

— Mouais... Il me reste quand même toute la fin de l'année scolaire à tenir. C'est long ! On est à peine à la fin du premier trimestre !

— Tu ne peux pas essayer de te réconcilier avec Julien ?

— Après l'incident de l'autre jour, ça va être dur ! Et puis... je ne sais même plus si j'ai envie...

— Je vois. Pour toi, c'est le descendant de celui qui a peut-être envoyé ton arrière-arrière-grand-père au bagne à sa place.

— C'est ça.

— En tout cas, moi, je peux te promettre deux choses. La première, c'est de faire tout mon possible pour alléger tes malheurs au collège ; d'être une sorte de protecteur, si tu veux. La deuxième, la voici :

si tu veux, je me propose de me substituer un peu à Julien. Si tu n'as pas le moral, ou même si tu l'as, n'hésite pas à passer me voir pour faire une petite causette, maintenant que tu sais où j'habite. Tu verras, la fin de l'année sera vite là !

CHAPITRE 18

« Tu n'as aucune chance de disculper ton ancêtre. »

« Encore tout le reste de l'année à tenir et après, fini les problèmes. »

« Tu verras, la fin de l'année sera vite là. »

La voix de la raison ne cessait de résonner dans la tête d'Alexandre. Sans pour autant l'empêcher de se replonger chaque soir dans les documents qu'il avait trouvés aux archives, et de ne cesser d'observer les pièces de monnaie et le couteau. Il commençait à se rendre compte que cette enquête était devenue une véritable drogue, dont il ne parvenait pas à se débarrasser.

Huit jours après son entrevue avec Christian Pastourel, il prit une grande décision. Il mit les trois objets trouvés près de la croix dans des sacs en plastique qu'il ferma hermétiquement. Il les rangea, avec tous les documents trouvés aux archives, dans un coffre du grenier qu'il ferma à l'aide d'un cadenas dont il jeta la clé au hasard dans la pièce. Ainsi privé de l'accès à ces éléments, il parviendrait certainement à chasser cette histoire de son esprit.

Il n'en fut rien. Ses pensées, ses rêves continuaient à être peuplés de scieurs de long, de couteaux ensanglantés, ou de hordes de Faure le pourchassant en criant vengeance. Seule la météo parvint à lui faire oublier quelque temps toute cette histoire.

Vers la mi-décembre, toute la région de Montbeyssoux se retrouva sous cinquante centimètres de neige. C'était entièrement nouveau pour Alexandre. De la neige, il en avait déjà vu à Paris, mais elle se transformait immédiatement en une immonde gadoue noirâtre. Là, c'était de la vraie, de la blanche !

Pendant une semaine, la vie au quotidien devint une lutte permanente contre les éléments, ce qui permit à Alexandre de penser à autre chose qu'à des meurtres, des ancêtres lointains, des histoires d'héritages, de jalousies ou de dettes non remboursées. Il fallait dégager les entrées de la maison à la pelle, déneiger le chemin d'accès, pousser la voiture afin qu'elle puisse sortir, rapporter de pleines brouettées de bois de la grange pour alimenter la cheminée et le poêle. Aller au collège devenait une véritable expédition polaire et tous les soirs, Alexandre rentrait frigorifié et trempé.

Puis un brusque redoux fit fondre la neige, laissant le vert reprendre progressivement le pas sur le blanc au fur et à mesure que ruisseaux et rivières gonflaient. Le soir des vacances de Noël, Alexandre constata, en rentrant chez lui, que toute trace de neige avait disparu.

Quinze jours ! Il avait quinze jours devant lui ! Quinze jours sans aller au collège, à essayer d'oublier toutes ces histoires. En plus, il allait retourner à Paris pendant une semaine, avec ses parents. Revoir la grande ville, ses amis, sa famille !

Afin d'aborder ces vacances sereinement, Alexandre tenait à se débarrasser des devoirs qu'il avait à faire pour la rentrée. Il monta dans sa chambre, s'installa à son bureau et commença à sortir ses affaires de son cartable : son cahier de textes, un classeur, deux livres, puis un amas de feuilles qu'il avait accumulées depuis plusieurs semaines, sans prendre le temps de les classer. Il fit un peu de tri, en jeta certaines, en rangea d'autres. Il y avait de tout : des cours, des documents distribués par les profs, de la pub, des dessins qu'il avait faits en classe pour tromper l'ennui... Au milieu de toutes ces feuilles, Alexandre aperçut un papier très différent des autres. Il n'était pas blanc, mais d'un jaune qui lui rappela les vieux documents qu'il avait consultés. Alexandre l'observa attentivement. La feuille était très fine : à peu près la même consistance que celle des papiers trouvés aux archives.

— Qu'est-ce que c'est que ce truc ? Qu'est-ce que ça fait là ?

Sur la feuille était dessiné un plan. L'encre utilisée, ainsi que le style du tracé ne lui étaient également pas inconnus. Pas de doute, il avait affaire à un document qui devait dater du XIXe siècle.

Sur le plan étaient représentés un ruisseau, une maison, un bois, des prés... Alexandre reconnut rapidement les lieux : il s'agissait de sa maison, de son jardin ! Au milieu de la feuille, il vit une petite croix de couleur rouge. De cette croix partait un trait fin qui rejoignait un dessin représentant un arbre. De par son emplacement, il reconnut le gros hêtre qui trônait au milieu du jardin. À côté du trait était inscrit : « 4 pas ».

— Une carte au trésor ! On dirait une carte au trésor !

Alexandre n'eut qu'une hâte : aller jusqu'au gros hêtre, faire quatre pas et creuser. Mais on était le 21 décembre, le jour le plus court de l'année, et il faisait déjà nuit noire. Il remit son expédition au lendemain, et continua à observer ce mystérieux document qui avait atterri dans son cartable par il ne savait quel miracle.

Au bas de la feuille, il remarqua des taches d'encre d'un vert très clair. Sûrement celle utilisée pour représenter les arbres. En regardant de plus près, il crut distinguer une empreinte digitale sur l'une d'elles. Sa vocation d'enquêteur refit aussitôt surface. Il repensa à ce que lui avait dit sa tante : « Tu as à ta disposition un laboratoire de police scientifique. » Et il se rappela que les empreintes digitales avaient justement été la première méthode utilisée par la police scientifique.

Il chercha vainement une loupe dans ses tiroirs, puis plaça le document sur son scanner. Deux minutes plus tard, le plan apparut à l'écran. Alexandre fit un zoom sur la tache d'encre qui l'intéressait. À l'aide de sa souris, il la sélectionna, la découpa, puis enregistra le fichier qu'il ouvrit sur son logiciel de retouche d'images. Il fit alors plusieurs manipulations : il agrandit encore l'image, la fonça, modifia les contrastes. Il finit par distinguer nettement une empreinte digitale.

Alexandre sourit béatement de satisfaction. Certes, cette empreinte ne lui apportait rien. Mais il était une fois de plus content d'avoir joué au grand enquêteur.

* * *

Le lendemain matin, Alexandre se réveilla très tôt et se dépêcha de descendre prendre son petit déjeuner.

— Alors Alexandre, content de retourner à Paris pendant ces vacances ? lui demanda sa mère tout en versant son thé dans une tasse.

— Ah oui ! Pour être content, je suis content !

Et, se tournant vers son père :

— Même si je vais aller encrasser mes pauvres petits poumons !

Son père sourit et répondit :

— Moi, l'idée ne m'enchante guère... C'est bizarre : la plupart des gens profitent des vacances pour quitter la ville et se mettre au vert. Nous, on fait l'inverse !

— Moi, c'est le jardinage qui va me manquer, répliqua madame Guérini. Je crois bien que je vais bêcher le trottoir si on ne me retient pas !

Le repas terminé, Alexandre attendit que ses parents partent travailler pour remonter dans sa chambre. Il s'habilla en vitesse et sortit de son cartable le plan qu'il avait pris soin de glisser dans une pochette en plastique transparent afin de le protéger. Il redescendit les escaliers, chaussa ses bottes et gagna le jardin, dans la fraîcheur de ce premier matin d'hiver. Il avança d'un pas rapide, sur une herbe que la fonte des neiges avait rendue grasse et humide.

Après un petit détour par la grange où il récupéra une pelle et une pioche, Alexandre se dirigea tout droit vers le gros hêtre. Il jeta un coup d'œil vers la maison : la fenêtre du bureau donnait de l'autre côté, et son père devait être tellement absorbé par son travail qu'il ne risquait pas de venir le surprendre.

Il s'adossa au gros arbre et regarda le plan. Le trait noir partant du hêtre était tracé en direction de l'angle entre la façade ouest de la maison et le pignon. Alexandre prit donc cet angle en ligne de mire et avança de quatre pas.

— Bon, il ne me reste plus qu'à creuser !

Un dernier coup d'œil vers la maison afin de vérifier que personne ne le regardait, et il donna son premier coup de pioche. Par chance, les températures des jours précédents avaient été clémentes, et le sol n'était pas gelé. Mieux : la fonte des neiges l'avait rendu très meuble, facile à travailler.

Alexandre abandonna rapidement la pioche pour passer à la pelle. Tout en s'affairant, il repensait à sa journée de recherches aux alentours de la croix, avec le détecteur de métaux. Il lui en avait fallu, de la patience, ce jour-là ! Mais à force d'obstination, il avait fini par trouver. Ce souvenir décupla sa motivation, et il se mit à creuser de plus belle.

Cette fois-ci, ce ne fut pas très long. Alexandre ne tarda pas à sentir sa pelle buter sur quelque chose de dur. Aussitôt, il s'accroupit et continua à fouiller à l'aide de ses doigts qui ne tardèrent pas à toucher une surface métallique. Complètement excité, il se mit à gratter la terre frénétiquement, et finit par sortir un petit coffre en fer rouillé.

« Un trésor ! » pensa-t-il lorsqu'il entendit un cliquetis métallique en le secouant.

Craignant quelque regard indiscret, il le cacha sous son pull et regagna rapidement sa chambre où il put tranquillement entreprendre de l'ouvrir.

Le coffre n'était pas fermé à clé, et seule la rouille en rendait l'ouverture difficile. Armé d'un tournevis, Alexandre en vint rapidement à bout et réussit à débloquer le couvercle. Il attendit quelques instants avant de le soulever entièrement, désireux de faire durer le suspense, comme devant un cadeau de Noël dont on hésite à abîmer le papier.

Il se décida enfin et ouvrit lentement le coffre. Il ne s'était pas trompé... c'était bien un trésor !

Un trésor composé de pièces de cinq francs, de dix francs, semblables à celles qu'il avait trouvées près de la croix. Il en examina les dates de fabrication : 1882, 1876, 1879...

Sous ce tas de pièces de monnaie, un vieux billet de cinquante francs et une superbe montre de gousset en argent. Ses aiguilles fines et élégantes marquaient quatre heures dix. Trois tours au remontoir, et la trotteuse se mit aussitôt en branle. Elle fonctionnait encore !

Alexandre la retourna et tressaillit à la lecture du nom finement gravé dans le métal argenté :

Antoine Faure

« Les valeurs volées à Antoine Faure ! Enterrées ici, dans mon jardin ! se dit-il. Mon jardin qui fut aussi celui de Jean-Baptiste Guérini... »

Le doute n'était plus possible : c'était bel et bien son arrière-arrière-grand-père qui avait assassiné Antoine Faure.

Alexandre en éprouva à la fois un sentiment de déception et de soulagement.

CHAPITRE 19

Les semaines passèrent, et Alexandre découvrit ce qu'était l'hiver en moyenne montagne : de la neige, beaucoup de neige, et du froid. Les températures pouvaient descendre en dessous des moins dix degrés au petit matin, et il n'était pas rare qu'elles restent négatives toute la journée. Fin janvier, le froid fut particulièrement vif, et le ruisseau resta gelé sur toute sa largeur pendant plus d'une semaine.

Chaque jour, la nature offrait un paysage différent. Le sol changeait souvent de couleur. Il pouvait être vert, puis passer au blanc, avant de devenir marron en raison de la boue provoquée par la fonte des neiges.

Alexandre s'habitua progressivement à ce climat. Depuis son arrivée à Montbeyssoux, il avait réalisé qu'à la campagne, le cadre de vie change radicalement au fil des saisons.

Il fut tout de même surpris lorsque arriva le mois d'avril. Il s'attendait à voir les feuilles pousser, les arbres fleurir… Mais rien, absolument rien. L'hiver continuait.

« Ici, le printemps ne commence qu'au mois de mai ! lui avait dit Julien. Mais tu verras, une fois que la végétation aura redémarré, tout ira très vite ! »

Car Alexandre s'était réconcilié avec son ami. Depuis la fin du mois de janvier, juste à temps pour la reprise de la saison cycliste ! À force d'insistance et d'envois répétés d'e-mails, il était parvenu à le convaincre de son abandon définitif de la piste Gustave Faure. Les deux garçons avaient alors repris leurs escapades en forêt, leurs rencontres secrètes sous le chêne, et leurs discussions interminables via Internet… Sans oublier, bien sûr, leurs commentaires et pronostics sur les courses cyclistes, notamment les premières classiques de printemps : Milan-San Remo et ses presque trois cents kilomètres, le Tour des Flandres et ses monts aux pourcentages effrayants, Paris-Roubaix et ses pavés… Une question ne manquait pas d'alimenter leurs débats : Lance Armstrong allait-il devenir le premier coureur de l'histoire à remporter six Tours de France ? Alexandre était persuadé que oui, estimant que l'Américain était de tout façon imbattable. Julien, lui, croyait en la « malédiction du sixième Tour » dont avaient été victimes Merckx, Hinault et Indurain par le passé.

Au collège, les choses s'étaient arrangées. Christian Pastourel avait tenu sa promesse et agissait en véritable ange gardien vis-à-vis d'Alexandre, pour qui il était devenu un véritable ami. Mais à l'extérieur, pas de protection, et Alexandre continuait à éviter soigneusement le bourg de Montbeyssoux, de peur d'y rencontrer Stéphane Faure et sa bande. Il avait fini par s'accommoder de cette existence quasi-clandestine, et se disait que sa vie changerait l'année suivante, s'il obtenait une dérogation pour aller au lycée d'Issoire.

Il continuait cependant à jeter son dévolu sur le travail scolaire, et s'était notamment réconcilié avec l'histoire, qu'il avait cessé de considérer comme une matière indigeste, avec des tonnes de dates à apprendre par cœur. Il s'était rendu compte que l'histoire, c'était aussi celle de ses ancêtres, et il était bien placé pour comprendre que les événements du passé conditionnent ceux du présent.

Les vacances de Pâques approchaient. Restait encore une semaine à tenir, avec un bon nombre de contrôles au programme. Notamment la terrible épreuve de rédaction, au sujet « particulièrement tordu », avait annoncé Christian Pastourel. C'est justement chez ce dernier qu'Alexandre se rendit en ce dimanche après-midi ensoleillé. Comme d'habitude, il fut accueilli chaleureusement, et son professeur l'invita à monter dans son bureau pour discuter et lui montrer les photos de ses vacances en Picardie. Bien calé dans un fauteuil, Alexandre feuilletait lentement l'album lorsque l'on frappa à la porte. Christian Pastourel descendit pour ouvrir, laissant son élève seul dans le bureau.

La tentation était trop forte. Alexandre jeta un coup d'œil par la fenêtre : Christian Pastourel était en pleine conversation. Il s'assit à la table de travail de son professeur et commença à fouiller. Si seulement il pouvait trouver le sujet de cette fameuse rédaction ! Encore un petit coup d'œil par la fenêtre : toujours en pleine conversation. Alexandre s'attaqua à l'amas de papiers qui se dressait devant lui : les rédactions des quatrièmes, les dictées des cinquièmes, le journal de la veille, une facture EDF... Quel bazar ! Un bref regard par la fenêtre, et Alexandre ouvrit le premier tiroir : rien que des vieux papiers. Deuxième tiroir : quelques classeurs au milieu d'un tas de feuilles. Troisième tiroir : idem. Jamais il n'aurait cru que le bureau d'un professeur puisse être aussi mal rangé. Encore un coup d'œil : les deux interlocuteurs s'étaient éloignés de la maison. Ils étaient tout près du portail et se serraient la main. Encore quelques secondes, et Alexandre allait devoir arrêter ses investigations. Pas le temps d'explorer les tiroirs. Il jeta donc son dévolu sur le sous-main dont il observa les marques laissées par le stylo à travers les feuilles. La lecture en était difficile, mais il parvint à déchiffrer quelques mots :

« Lait, œufs, tomates... Non, c'est sa liste de courses. 2 sur 20, peut mieux faire. Ça, c'est une correction de copie. »

Un bruit de pas sur le palier, et la porte d'entrée s'ouvrit. Avant de regagner son fauteuil et de faire comme si de rien n'était, Alexandre s'attarda quelques secondes sur les traces d'un groupe de mots, en bas du sous-main. Contrairement aux autres, ils étaient écrits en lettres majuscules. Il distingua d'abord un S, puis un O, puis un Y, puis finalement toute la phrase : « SOYEZ RAISONNABLES, QUITTEZ LE VILLAGE. »

CHAPITRE 20

Alexandre n'en revenait pas : l'auteur des lettres anonymes était Christian Pastourel ! Allongé sur son lit, les yeux fixant le plafond de sa chambre, il se sentait rattrapé par cette histoire qu'il avait presque réussi à oublier.

— Pourquoi ? Mais pourquoi ? ne cessait-il de se répéter. Pourquoi lui, qui a été tellement sympa avec moi ?

Alexandre resta un long moment allongé, à réfléchir. Il fut un moment tenté d'envoyer un e-mail à Julien pour lui raconter, mais il se ravisa aussitôt. Il avait trop souffert de sa brouille avec son ami, et ne voulait pas prendre de risque. Depuis qu'ils s'étaient réconciliés, les deux garçons évitaient soigneusement d'aborder ce sujet sensible.

Alexandre continua donc à réfléchir tout seul. Il repensa à tous les moments qu'il avait passés avec Christian Pastourel, essayant d'analyser les comportements de son professeur envers lui.

— Mais pourquoi a-t-il sympathisé avec moi, s'il a cherché à nous faire peur au début, à nous faire quitter Montbeyssoux ?

Le comportement de Christian Pastourel était on ne peut plus ambigu. Mais il y avait sûrement une explication. À quoi jouait-il ?

— Et dire qu'il est même allé jusqu'à prendre ma défense, en pleine rue, dans le village !

Alexandre repensa à cet épisode, à la suite duquel il avait décidé de mener son enquête. Il repensa à ce que Julien lui avait alors dit : « Décidément, ça doit être dans les gènes des Pastourel, de prendre la défense des faibles. Christian Pastourel est le descendant direct de Louis Pastourel ! »

— Bon sang de bon sang ! se dit-il en se relevant brusquement. Et si c'était en rapport avec ce fameux ancêtre de Christian Pastourel ?

Alexandre s'installa à son bureau, alluma l'ordinateur et se connecta à Internet. En utilisant un moteur de recherches, il trouva rapidement le site qu'il cherchait. Intitulé Voleurs d'antan, il dressait une liste des techniques employées par les voleurs du XIXe siècle, et faisait le portrait de certains de ces malfaiteurs. Parmi eux, il y avait ce fameux Louis Pastourel, qui était décrit en ces termes :

« Parmi les voleurs qui ont écumé les routes de France au siècle dernier, il en est un qui est injustement méconnu. Louis Pastourel était en effet ce que l'on peut appeler un « voleur au grand cœur », prenant pour cible les riches ou les perceptions des impôts et redistribuant une bonne part de ses gains aux indigents. Cela lui avait valu une grande popularité dans les monts du Livradois où il sévissait, et c'est certainement cette popularité qui lui a permis de se cacher facilement et d'échapper à la gendarmerie pendant plus de vingt ans, de 1881 au 24 août 1903, date de son arrestation. Il fut alors condamné à 15 ans de prison. »

La période correspondait. Une arrestation, une condamnation... ça laisse des traces. Et il savait où les trouver.

Le lendemain, on était mercredi. À onze heures, en sortant du collège, Alexandre se dépêcha et sauta dans le car pour Clermont. À midi et demie, il était aux archives, un lieu qui lui était devenu familier, et dont il maîtrisait parfaitement le fonctionnement. En fin d'après-midi, il avait trouvé deux documents intéressants : le dossier du procès de Louis Pastourel, et la fiche de signalement établie par la police au moment de son arrestation. Documents qu'il avait dûment photographiés grâce à l'appareil numérique qu'on lui avait offert à Noël.

De retour chez lui, il s'empressa de les visualiser sur son ordinateur. La fiche de signalement de

Louis Pastourel apparut à l'écran. Il observa attentivement le document. Sur cette fiche étaient mentionnés le nom et le prénom du voleur, bien sûr, mais également sa situation de famille, son degré d'instruction, ses antécédents judiciaires... Et, tout en bas, une impression des doigts de sa main gauche, sur de l'encre noire. En voyant cela, Alexandre ne put s'empêcher de repenser à l'empreinte qu'il avait trouvée sur le plan. Sur la carte au trésor.

Armé de sa souris, il parcourut les dossiers de son disque dur, et la fit réapparaître à l'écran, dans une fenêtre qu'il rangea en haut à gauche. Puis il retourna sur la fiche de signalement et sélectionna l'empreinte de l'auriculaire. Il la grossit et, grâce à son logiciel de retouche d'images, il parvint à rendre transparentes les parties blanches. Cela lui permit de la superposer à celle de la carte au trésor. Combien de fois avait-il vu, dans des films policiers, l'enquêteur comparer deux empreintes digitales. Souvent par ordinateur, d'ailleurs. Alexandre était tout excité : il était en train de faire la même chose ! Avec des empreintes vieilles de cent ans en plus !

Il réitéra l'opération avec l'annulaire, puis le majeur, et enfin l'index. Il se releva alors brusquement sur son siège et colla le nez à l'écran. Encore quelques ajustements pour que les deux empreintes aient exactement la même taille, et Alexandre resta bouche bée devant son ordinateur : c'étaient exactement les mêmes ! Les deux empreintes étaient rigoureusement identiques !

* * *

La fameuse carte au trésor avait donc été dessinée par Louis Pastourel ! C'était donc lui qui devait avoir enterré les valeurs volées à Antoine Faure dans le jardin de Jean-Baptiste Guérini. Mais pourquoi ? Dans quel but ?

Tout en continuant à réfléchir, Alexandre se reconnecta à Internet pour approfondir ses recherches sur Louis Pastourel. Il trouva plusieurs autres sites qui évoquaient ce voleur au grand cœur. L'un d'entre eux attira tout particulièrement son attention. Il y était précisé que Louis Pastourel s'était toujours efforcé de commettre ses larcins proprement, qu'il n'avait jamais fait couler le sang. Alexandre fut un instant désabusé. Il avait pensé que ce Louis Pastourel aurait pu être l'assassin d'Antoine Faure. Dépité, il s'affala sur son siège et continua à lire l'article en diagonale, faisant défiler le texte à l'aide de la roulette de sa souris. Arrivé au bas de la page, il se redressa brusquement et regarda attentivement une image qui représentait une croix dessinée à l'intérieur d'un cercle : le même symbole que celui qui était gravé sur le manche du couteau. Sur l'arme du crime !

Alexandre lut le texte qui accompagnait l'image : « Louis Pastourel poussait la hardiesse jusqu'à signer tous ses méfaits en laissant systématiquement sa signature sur le lieu de ses larcins : le symbole représenté ci-contre. »

Alexandre resta un long moment immobile, le regard continuant à fixer l'écran, à fixer ce symbole, cette croix au milieu d'un cercle.

Cette fois, il n'y avait plus de doute : il tenait un suspect. Un suspect très sérieux. Encore de longues minutes de réflexion, et Alexandre émit une hypothèse. Louis Pastourel aurait assassiné Antoine Faure et l'aurait dépouillé de tous ses biens. Ce serait lui, le fameux homme en noir qu'un témoin avait aperçu. Il aurait ensuite vu Jean-Baptiste Guérini arriver sur les lieux du crime, retirer le couteau du corps de la victime, se faire surprendre, fuir... Comprenant que Guérini allait être accusé du meurtre à sa place, Pastourel aurait enterré à la Bournerie les valeurs dérobées à sa victime, se disant que si elles étaient découvertes, cela renforcerait la culpabilité de Jean-Baptiste Guérini. Ce n'était qu'une hypothèse, mais elle tenait debout.

Restait à savoir d'où venait le plan, et qui avait bien pu le glisser dans son cartable. Alexandre continua à réfléchir. Dans son cartable... Ce ne pouvait donc être qu'au collège que ça s'était passé. Alors qui ? Un autre élève ? Julien ? Peu probable. Mais au collège, il n'y a pas que des élèves. Il y a aussi des profs. Et Alexandre pensa tout de suite à l'un d'entre eux. Un professeur qui portait le même nom que son suspect... Et qui avait paru troublé lorsque Alexandre lui avait dit avoir trouvé un couteau gravé d'une croix entourée d'un cercle.

CHAPITRE 21

En ce premier soir des vacances de Pâques, la décision d'Alexandre était prise. Celle-là, il n'en avait parlé à personne. Même pas à Julien. Comme à l'époque où il passait la nuit à guetter le mystérieux inconnu, il attendit patiemment que toute la maison soit endormie. Pour lutter contre le sommeil, il avait subrepticement avalé le reste de café de ses parents et apporté une pleine bouteille de soda dans sa chambre, qu'il but en écoutant sur son baladeur tout ce que sa discothèque comptait de plus violent comme musique.

Vers minuit, il revêtit son pull noir, son jean noir, mit ses chaussures noires et vérifia une dernière fois le bon fonctionnement de sa lampe torche, qu'il accrocha à sa ceinture.

« Paré pour l'expédition », se dit-il pour se motiver.

Il ouvrit doucement la fenêtre, s'avança sur le rebord, et d'un bond se retrouva suspendu à la grosse branche du chêne qui caressait le mur de sa chambre les jours de grand vent. Dès qu'il eut touché terre, il avança à tâtons dans le jardin, s'interdisant d'utiliser sa lampe par souci de discrétion. Le ciel était couvert, l'obscurité quasi totale. Alexandre franchit le portail et s'engagea sur le chemin. Au lieu de l'inciter à renoncer, la peur qui lui tenaillait le ventre le faisait avancer machinalement, tel un robot.

Arrivé à l'entrée du bourg de Montbeyssoux, il s'arrêta un instant. C'était la première fois qu'il s'y rendait de nuit. Le silence y était angoissant. Seul le halo orangé des réverbères rappelait que le village n'était pas mort. Alexandre renonça à le traverser et préféra le contourner par une petite route.

Il avançait d'un pas rapide, toujours dans le noir, prêt à se cacher au cas où une voiture surgirait.

« Alexandre, mon vieux, qu'est-ce que tu fais ? Tu es complètement fou ! » se disait-il.

Mais il continuait quand même à marcher, sûr de lui, persuadé du bien-fondé de sa mission.

Il arriva enfin. La maison était silencieuse. Aucune lumière, comme prévu. Il s'approcha de la grange attenante et hésita longuement.

« Je pars dès le soir des vacances de Pâques et je reviens la veille de la rentrée », lui avait dit son professeur la dernière fois qu'il s'était rendu chez lui.

C'était également lors de cette dernière visite qu'Alexandre avait discrètement déverrouillé la fenêtre de la grange et en avait bloqué l'ouverture à l'aide d'un petit morceau de bois.

« Bon, je n'ai pas fait une heure de marche dans le noir pour abandonner maintenant ! »

Il se décida enfin à pousser la fenêtre. Le bout de bois céda facilement et Alexandre se glissa doucement chez Christian Pastourel. Il avait beau savoir que la maison était vide, il n'oubliait pas qu'il venait de s'introduire clandestinement chez quelqu'un. Aussi progressa-t-il silencieusement, comme si une conscience professionnelle de cambrioleur naissait en lui.

Il traversa le salon et monta les escaliers sur la pointe des pieds, n'allumant sa lampe que par intermittence pour repérer les obstacles. Il parvint sans encombre au bureau de Christian Pastourel. Les volets étaient fermés. Il pouvait donc maintenir sa torche allumée sans crainte que les voisins n'en voient la lumière.

Le bureau était toujours recouvert d'un immense amas de papiers. Le premier que vit Alexandre fut… le sujet de la prochaine rédaction ! Mais ce n'était pas le but de sa recherche, cette fois-ci.

Il ouvrit le premier tiroir, celui des vieux papiers qu'il avait aperçus la fois précédente, et commença à fouiller : des livrets de famille, des actes de naissance et de mariage, de vieilles photos… Pas de doute, c'était bien l'endroit réservé aux secrets et souvenirs de famille.

Il s'attarda un moment sur un tas de lettres : la correspondance de la famille Pastourel depuis plus d'un siècle ! L'adresse de l'une d'entre elles, cachetée le 23 avril 1905, attira tout particulièrement son attention :

M. Louis Pastourel
Matricule 28 564
Prison centrale
Riom (Puy-de-Dôme)

L'enveloppe était vide. Mais son intuition ne l'avait pas trompé, il était bien sur la bonne piste !

Sous ces lettres, Alexandre trouva une chemise cartonnée renfermant des articles de journaux dont il se contenta de lire les titres : « La recette des impôts de Saint-Germain-l'Herm dévalisée par Louis Pastourel », « Louis Pastourel enfin arrêté ! », « Louis Pastourel condamné à quinze ans de prison »…

Du fond du tiroir, Alexandre sortit un vieux cahier à la couverture jaunie, le posa sur le bureau et en approcha sa lampe. Un frisson le traversa dès qu'il en lut le titre, écrit à la main : « Louis Pastourel. Mémoires. »

Avant de l'ouvrir et d'en commencer la lecture, il respira très fort, et ne put s'empêcher de balayer la pièce du faisceau lumineux de sa torche, pour s'assurer une fois de plus qu'il était bien seul.

En entrant chez son professeur, il ne savait pas exactement ce qu'il y cherchait. Il avait juste ce sentiment, cette « intime conviction », qu'il y trouverait quelque chose d'intéressant.

Et ce quelque chose d'intéressant, il l'avait sous la main, il en était persuadé.

CHAPITRE 22

Alexandre parcourut rapidement la première partie du cahier. Louis Pastourel y racontait sa jeunesse, comment il avait peu à peu senti une vocation de voleur s'éveiller en lui, et évoquait son début de carrière.

La deuxième partie était beaucoup plus intéressante :

Le jour où ma vie a basculé.

Je me souviens très bien de ce jour-là. C'était le 14 mai 1883, en pleine période de retour des scieurs de long au pays. Généralement, ils rentraient les poches remplies de l'argent amassé durant leur campagne de sciage. Je m'étais donc posté sur le chemin de Montgheol et m'étais mis à guetter. Je n'attendis guère plus d'une heure avant d'apercevoir un homme de grande taille qui se dirigeait vers moi. Suivant une technique bien rôdée, je me masquai le visage, me cachai derrière un arbre, le laissai passer devant moi puis surgis de ma cachette et l'attaquai par-derrière, le maintenant de mon bras gauche et lui appliquant mon couteau sur la gorge. Je lui lançai alors le traditionnel : « La bourse ou la vie. » C'était une technique éprouvée, quoiqu'un peu lâche, je dois le reconnaître. Sauf que cette fois-ci, à ma grande surprise, ma victime se défendit. D'un violent coup de coude dans le ventre, il me fit lâcher prise et se rua sur moi. S'en suivit une bagarre, au cours de laquelle nous roulâmes tous deux par terre, prenant le dessus à tour de rôle. Je ne me souviens plus de tous les détails de ce pugilat, mais la dernière image que j'en ai est celle de mon adversaire, assis à califourchon sur mon ventre, qui s'apprêtait à m'assener un coup de poing et que je vis stoppé net dans son élan. Son visage alors se figea, ses yeux restèrent grand ouverts, et de sa bouche s'écoula un petit filet de sang. Il tomba lentement sur le côté. Ce n'est qu'à ce moment que je m'aperçus que mon couteau était enfoncé dans son ventre. Ma première réaction fut de m'assurer que personne n'avait été témoin de la scène. Ma deuxième fut un réflexe professionnel : je dépouillai ma victime de ses biens. C'est là que je compris pourquoi il s'était défendu avec tant d'acharnement. Il transportait trois bourses pleines à craquer ! Il devait y avoir au moins mille francs ! Je lui dérobai égale-

ment sa chaîne en or et sa montre de gousset. Ce fut d'ailleurs l'inscription au dos de cette dernière qui m'apprit l'identité de ma victime : Antoine Faure.

Alexandre dut se retenir pour ne pas pousser un cri de joie. Il leva les yeux au plafond et souffla longuement, savourant sa victoire. La vérité... il connaissait enfin la vérité ! Il l'avait sous les yeux !

L'excitation passée, il continua à dévorer ce cahier de mémoires :

Ce ne fut qu'après l'avoir entièrement dépouillé que je réalisai ce que j'avais fait : je venais de commettre un meurtre ! Le premier de ma carrière (ce sera d'ailleurs le seul), moi qui m'étais juré, en entrant dans la profession, de ne jamais faire couler le sang, de commettre mes larcins proprement.

Je commençais à paniquer lorsque j'aperçus un homme qui approchait au loin, sur le chemin. Je courus aussitôt me cacher derrière un arbre. Dès que l'homme avisa ma victime qui gisait par terre, il se précipita vers elle et retira le couteau. C'est alors que j'entendis crier « À l'assassin », et que je vis l'homme s'enfuir à toutes jambes, le couteau à la main. Mort de peur à l'idée que l'on ait pu m'apercevoir, je restai longtemps tapi derrière mon arbre, jusqu'à la tombée de la nuit.

Les jours qui suivirent furent terribles. J'étais rongé par le remords, et encore plus par la peur d'être démasqué. Lorsque j'appris qu'un certain Jean-Baptiste Guérini avait été arrêté, mes craintes s'estompèrent. Mais par mesure de sécurité, je mis quelques pièces de monnaie et la montre que j'avais dérobée à Antoine Faure dans un petit coffre que j'enterrai nuitamment à la Bournerie. Car entre temps, je m'étais renseigné et avais appris que c'était là que résidait Jean-Baptiste Guérini. Je me disais alors qu'au cas où je serais suspecté, je pourrais toujours dire que je l'avais vu enterrer son butin dans son jardin, ce qui achèverait de l'accuser. Oui, ma lâcheté était à ce point ! J'avais même fait un plan, pour me souvenir de l'endroit précis où j'avais enterré ce coffre.

Par la suite, j'appris que Jean-Baptiste Guérini avait été jugé et condamné au bagne à perpétuité. Ma peur s'envolait. Mais pas mes remords…

Alexandre était tellement absorbé par sa lecture qu'il ne remarqua pas que la porte du bureau venait de s'entrouvrir.

Il poursuivit. Dans la partie suivante, Louis Pastourel expliquait comment, désireux de se racheter, il était devenu une espèce de « Mandrin », ou de « Robin des Bois », dévalisant les riches, les recettes des impôts, et redistribuant une bonne part de ses gains aux pauvres. Tout cela rejoignait ce qu'Alexandre avait lu sur Internet.

En conclusion, Louis Pastourel écrivait :

Par ma faute, un innocent est allé au bagne. Sa femme a dû fuir Montbeyssoux avec son jeune enfant. Elle est morte de chagrin un an après la condamnation de son mari, et son fils a été confié à l'Assistance publique.

Toute ma vie durant, j'ai porté le fardeau de cet acte de lâcheté sur la conscience. Ce cahier, je le destine à être transmis de père en fils. Si mes descendants veulent soulager la conscience de la famille, qu'ils le fassent. Moi, je n'en ai jamais eu le courage.

Montbeyssoux, le 12 avril 1923.

— C'est intéressant ? entendit Alexandre.

Sous l'effet de la surprise, il sursauta en poussant un grand cri et tomba à la renverse.

La lumière s'alluma, laissant apparaître l'imposante silhouette de Christian Pastourel qui s'avançait lentement vers son élève recroquevillé par terre, paralysé par la peur.

CHAPITRE 23

Christian Pastourel s'approcha de la table, prit le cahier, le feuilleta rapidement et le rejeta sur le bureau, d'un air dédaigneux.

— Maintenant tu sais tout, lâcha-t-il sèchement.

Alexandre était encore pétrifié. À peine parvint-il à balbutier un timide « oui »...

Le professeur resta un long moment silencieux. Les mains appuyées sur le rebord de la table, il fixait son élève du regard.

— Vous... vous n'êtes pas parti en vacances ? osa enfin dire Alexandre.

— Non... J'ai repoussé mon départ.

Et il ajouta, s'approchant d'Alexandre en lui tendant la main pour l'aider à se relever :

— Et je vois que j'ai bien fait ! Allez, debout ! et viens avec moi. Je crois qu'on se doit quelques explications. On va s'installer au salon, on y sera mieux pour discuter.

* * *

Christian Pastourel alluma un feu dans la cheminée. Bien que l'on fût au mois d'avril, il faisait encore assez froid. Il installa deux fauteuils devant l'âtre et alla chercher deux verres. Il remplit celui d'Alexandre de soda, se servit un grand whisky et, assis face à son élève, entama la discussion :

— L'été dernier, lorsque j'ai appris que la famille Guérini s'installait à Montbeyssoux, dans la maison de ses ancêtres, ça m'a posé un gros problème. Ça ravivait une vieille histoire qui s'est transmise de génération en génération, et dont la famille Pastourel n'est pas très fière… Et puis… j'avais un peu peur que vous veniez remuer le passé. Je savais aussi que toi et ta famille alliez souffrir, qu'il vous serait difficile de vous faire accepter. Tout ça à cause de mon ancêtre qui a envoyé le tien au bagne à sa place, et de ses descendants, moi compris, qui n'ont jamais osé avouer la vérité. Alors j'ai paniqué. Et je me suis dit qu'il fallait que je vous incite à partir.

— Et vous nous avez envoyé des lettres anonymes…

— Je vous ai envoyé des lettres anonymes, exact.

— Mais pourquoi avoir mis une cagoule ?

— Simple mesure de sécurité. Tu comprends bien que sachant que tu serais mon élève, je ne voulais pas courir le moindre risque d'être démasqué. Et les événements m'ont donné raison. Quand j'ai vu la lumière de ta lampe braquée sur moi, je dois t'avouer que j'ai eu la peur de ma vie ! J'ai d'ailleurs arrêté les lettres après ça. Ensuite, la rentrée est arrivée. Et là, je t'ai vu. J'ai surtout vu ton désarroi, le rejet dont tu étais l'objet. Et je me suis mis à culpabiliser.

— Mais alors, pourquoi vous n'avez pas tout révélé ? Ça aurait été simple ! dit Alexandre quelque peu en colère.

— Pas si simple que ça, non...

Christian Pastourel sortit une cigarette de son paquet et l'alluma. Après deux bouffées, il s'enfonça dans son fauteuil et poursuivit :

— Tu as dû lire, dans le cahier, que mon ancêtre était très apprécié par la population du coin.

— Oui, c'était une sorte de « Robin des Bois » local.

— C'est ça. Et résultat, les Pastourel ont toujours été des gens très estimés à Montbeyssoux. Et puis... ici, tu comprends, j'ai mon statut de professeur, respecté de tous. Alors, tu imagines si les gens apprenaient que je cache cette histoire depuis des années !

Alexandre ne sut que répondre. Il était révolté devant tant de lâcheté. Devant ce professeur qui avait délibérément caché la vérité. Tout ça pour préserver son image de marque !

— Mais il y a une chose que je ne comprends pas, finit-il par dire. Pourquoi avez-vous sympathisé avec moi ? Pourquoi m'avoir apporté toute cette aide ? Pourquoi m'avoir défendu quand Stéphane Faure et les deux autres m'ont attaqué dans la rue ?

— Pourquoi ? Parce qu'au départ, ça me permettait de moins culpabiliser. Tu sais, le jour où Stéphane Faure et ses deux copains t'ont agressé dans la rue, ce n'est pas un hasard si je suis intervenu. Je t'avais suivi. Tout comme je t'ai suivi un bon nombre de fois. Le jour où on s'est rencontrés, dans la forêt, et où je t'ai invité à venir boire un verre chez moi, ce n'était pas un hasard non plus. Je t'avais vu passer dans le hameau et je t'avais suivi, une fois de plus. Après, quand tu m'as appris que tu menais ton enquête, et surtout que tu avais trouvé un couteau au manche gravé d'une croix dans un cercle, j'ai pris peur. Car je savais que tu étais sur la bonne piste. Alors je me suis dit qu'il fallait que je t'incite à arrêter tes investigations. En outre, devenir ton ami, ton confident, c'était un bon moyen pour, disons... te contrôler si je puis dire. Pour savoir où en était ton enquête.

— Et le plan ? C'était vous, je suppose.

— Le plan qui indique l'emplacement du coffre dans ton jardin ? Bien sûr que c'était moi ! Ce plan traînait dans mon tiroir, au milieu de tous ces vieux papiers qui sont dans cette maison depuis plus d'un siècle, et que des générations de Pastourel ont consultés. Bizarrement, aucun membre de ma famille n'a jamais tenté de déterrer ce coffre, et je savais donc qu'il devait toujours se trouver chez toi. Peu de temps après notre rencontre dans les bois, au mois de décembre, j'ai discrètement glissé le plan dans ton cartable, au collège. Je me disais que si tu trouvais les valeurs dérobées à Antoine Faure enterrées dans ton jardin, tu arrêterais ton enquête.

Et, se levant de son fauteuil pour se diriger vers la cheminée :

— Mais ça n'a pas marché, puisque je te retrouve ici en train de lire ce fameux cahier. Et je ne sais pas comment tu as fait pour arriver jusque-là.

Tout en mettant une bûche dans le foyer, il ajouta :

— D'ailleurs, je ne veux pas le savoir…

Il se servit un autre verre et alla le boire près de la fenêtre. Alexandre resta un moment à contempler les flammes qui léchaient la bûche que Christian Pastourel venait de rajouter. Il ne décolérait pas, et bouillait intérieurement.

Brusquement, il se retourna vers son professeur et lâcha :

— Bon, de toute façon, maintenant je sais tout ! Alors, si vous ne voulez pas révéler la vérité, je le ferai, moi !

Christian Pastourel se retourna lentement vers son élève et lui répondit, un petit sourire au coin des lèvres :

— Tu veux tout révéler ! Mon pauvre garçon ! Mais qui te croira ? Qui te croira ? insista-t-il. La seule preuve, elle est là-haut, dans mon bureau, tu le sais bien !

Alexandre se retourna vers le feu qu'il se remit à contempler, le menton appuyé sur les mains, l'air renfrogné. « Il a raison, se dit-il, sans ce cahier, personne ne me croira ! »

Son professeur s'approcha, lui mit la main sur l'épaule et dit :

— Bon, je te mets le marché en main. Tu oublies toute cette histoire et moi, de mon côté, je continue à t'aider au collège et à appuyer ta demande de dérogation pour l'an prochain. Qu'est-ce que tu en penses ? C'est honnête, non ?

Alexandre ne répondit pas. Il ne détourna même pas le regard.

— Je te laisse réfléchir ! ajouta Christian Pastourel tout en retournant près de la fenêtre.

C'était tout réfléchi. Alexandre ne pensait qu'à une chose : il était en train d'échouer. Si près du but... Accepter le marché qui lui était proposé, c'était accepter sa défaite. Il fallait donc agir. Trouver une solution, tout de suite !

Il parcourut la pièce du regard. Une seule sortie : la porte donnant sur le couloir d'entrée. Avec une clé sur la serrure...

Un coup d'œil vers la fenêtre. Christian Pastourel y finissait son verre, dos tourné.

C'était l'occasion ou jamais. Alexandre s'extirpa brusquement de son fauteuil et bondit vers la sortie. Il retira la clé de la serrure, ouvrit la porte, se rua à l'extérieur de la pièce, referma la porte et, d'un tour de clé, enferma son professeur à l'intérieur.

Il se précipita vers l'escalier dont il gravit les marches quatre à quatre. À peine eut-il atteint l'étage que des coups répétés firent trembler les murs de la maison, accompagnés d'une voix puissante et grave qui criait : « Ouvre ! Ouvre ! »

Alexandre pénétra dans le bureau, se saisit du cahier et redescendit l'escalier en trombe.

Au moment où il allait quitter la maison, il réalisa que les coups contre la porte du salon avaient cessé. Christian Pastourel s'était tu. Dehors, l'obscurité était profonde. Pas d'éclairage public dans ce hameau.

Alexandre n'avait pas encore franchi le pas de la porte lorsqu'une peur panique l'envahit. La fenêtre du salon ! Christian Pastourel avait dû sortir par la fenêtre du salon ! Et il l'attendait certainement, tapi quelque part dans le noir. Alexandre n'osait pas sortir. Il ne put s'empêcher de repenser à la nuit où il avait surpris l'expéditeur de lettres anonymes. Mais cette fois, les rôles étaient inversés. C'était lui l'intrus. Et c'était Christian Pastourel qui pouvait surgir à tout moment.

Sur le seuil de la porte, Alexandre scrutait l'obscurité. Peu à peu, ses yeux s'y habituèrent, et il parvint à distinguer quelques formes : un arbre, le puits du jardin… Et le portail, une dizaine de mètres devant lui.

« Le portail ! Il faut que je l'atteigne ! » se dit-il.

Il le prit en point de mire, respira un grand coup et courut droit devant lui. À peine l'eut-il franchi qu'il sentit une main lui effleurer le dos. Il ne put retenir un cri de terreur et se lança dans une course éperdue, pourfendant l'obscurité. Derrière lui, il entendait des pas rapides, ainsi que le souffle d'une respiration haletante. Il courait de toutes ses forces, comme si le diable en personne était à ses trousses.

Rapidement, les bruits de pas faiblirent, puis disparurent. Alexandre comprit alors qu'il avait distancé son poursuivant. Mais il continua son sprint effréné, manquant de trébucher à chaque foulée. Jusqu'au moment où, au bord de l'asphyxie, il s'arrêta sur le bord de la route et s'effondra par terre.

Allongé sur le dos, le regard tourné vers le ciel, il tenta de reprendre son souffle, serrant contre sa poitrine le précieux cahier. Malgré la fatigue, il était heureux. Il n'était pas le descendant d'un assassin ! Et il en avait la preuve !

Sa respiration redevenue normale, Alexandre se releva, puis réalisa subitement qu'il avait réussi à distancer son professeur.

« Comment j'ai fait ? se dit-il. Il a presque deux têtes de plus que moi, et des jambes immenses ! »

Il réfléchit un moment, puis ne put s'empêcher d'éclater de rire. Christian Pastourel était en pantoufles ! Pas très pratique pour la course à pied !

CHAPITRE 24

Alexandre reprit sa marche nocturne, direction la Bournerie. Il marchait d'un pas léger et rapide au bord de la route, la main droite cramponnée au cahier contenant les mémoires de Louis Pastourel. Son cœur palpitait encore légèrement. Après de pareilles émotions... Mais c'était terminé. Il n'avait plus qu'à rentrer tranquillement chez lui et à essayer de dormir. Dès le lendemain, il réfléchirait à la manière d'exploiter sa découverte.

Le silence de la nuit était toujours aussi profond. Bien qu'il y fût désormais totalement habitué, Alexandre s'en émerveillait encore. Aussi fut-il surpris lorsqu'au loin, un bruit de moteur commença à se faire entendre, puis s'amplifia. Qui pouvait bien circuler sur cette route à pareille heure ?

Alexandre hésita, puis jugea plus prudent de faire un écart pour aller se cacher derrière un arbre. La lumière jaune d'un phare ne tarda pas à apparaître, au détour d'un virage. C'était une moto. Lorsqu'elle passa devant lui, Alexandre sentit comme une bouffée de chaleur lui monter du ventre. Les palpitations de son cœur reprirent de plus belle. Il venait de reconnaître Christian Pastourel, lancé à sa poursuite.

Alexandre se blottit contre l'arbre, s'y agrippa comme s'il avait peur qu'il s'envole. Il attendit un moment avant de risquer un œil, et de distinguer la lumière rouge du feu arrière s'éloigner au loin.

« Il ne m'a pas vu. Ouf ! »

Il attendit que le bruit de moteur ait totalement disparu pour reprendre sa route. Mais au bout de quelques pas, il s'arrêta net.

« Christian Pastourel n'est pas idiot. Il sait qu'il n'y a pas trente-six chemins pour aller chez moi. Il n'y en a qu'un. À tous les coups il m'attend un peu plus loin, caché quelque part »

Il était donc hors de question de rentrer chez lui. Il risquait à tout moment de tomber sur son professeur.

Alexandre s'enfonça à nouveau dans le bois jouxtant la route et s'assit par terre, à l'abri des arbres. Attendre. Il fallait attendre que Christian Pastourel repasse dans l'autre sens.

« Il finira bien par en avoir marre et par rentrer chez lui ! »

Mais rapidement, Alexandre s'aperçut que c'était lui qui commençait à en avoir marre. Assis sur le sol humide, il avait froid, et trouvait sa position inconfortable.

Quelle heure pouvait-il bien être ? À cette question, il se mit à paniquer, se rappelant tout à coup que son père devait le réveiller à sept heures pour l'emmener faire des courses à Clermont-Ferrand.

« Il va entrer dans ma chambre et trouver un lit vide ! »

Il fallait une solution. Et vite !

Tout en essayant de réfléchir calmement à la situation, Alexandre tenait toujours le cahier serré contre sa poitrine. Le cahier ! C'était ça le plus important ! Avant toute chose, il fallait le mettre en lieu sûr.

Alexandre songea d'abord à l'enterrer, mais il se ravisa rapidement. Il risquait de s'abîmer. Et s'il pleuvait… Aller le cacher dans le trou, sous le chêne ? Un peu loin. Et pas évident de trouver le chemin dans le noir.

Alexandre réfléchit encore puis, soudainement, se leva.

« Bien sûr ! Je sais où je vais le mettre. Pourquoi n'y ai-je pas pensé plus tôt ? »

Avant de repartir, il tendit l'oreille, regarda à gauche, à droite.

« Pas de bruit, pas de lumière de phare. J'y vais ! »

Il courut sur le bord de la route le plus vite qu'il put. Au bout d'une centaine de mètres, il ralentit sa course pour prendre un petit chemin pentu sur sa gauche.

« Pourvu qu'il n'ait pas l'idée d'aller me chercher là-bas » se dit-il en gravissant péniblement la côte.

* * *

Alexandre ouvrit le portail et s'approcha de la maison endormie. Il en fit le tour en regardant les fenêtres de l'étage. Deux d'entre elles, sur deux façades opposées, avaient les volets fermés. C'étaient probablement les chambres. Mais laquelle était celle de Julien ? Lors de son unique passage dans cette maison, Alexandre n'avait malheureusement pas eu le temps de tout visiter.

Il fouilla dans sa mémoire et se souvint que Julien se plaignait souvent d'être réveillé le matin par les rayons du soleil qui filtraient à travers les volets. Sa chambre était donc orientée à l'est.

« Si seulement j'avais une boussole ! »

Il regarda au loin, dans l'espoir de voir un début de lever de soleil, qui lui aurait indiqué l'est. Mais il faisait encore nuit noire. Il aperçut cependant le haut du clocher de l'église de Montbeyssoux, éclairé.

Alexandre avait souvent étudié la carte des environs, et il se souvenait que la maison de Julien était au nord de Montbeyssoux. Il tourna le dos au clocher et se dit :

« C'est donc la façade sur ma droite. Enfin, j'espère... »

Il se posta sous la fenêtre et ramassa quelques cailloux.

« Pourvu que ce soit bien sa chambre », se disait-il tout en les lançant un par un contre les volets.

La réponse ne tarda pas. À peine avait-il lancé une dizaine de cailloux qu'il entendit la fenêtre s'ouvrir.

— Qu'est-ce que c'est ?

C'était bien la voix de Julien !

— C'est moi ! Alexandre !

Les volets s'ouvrirent et la tête de Julien apparut.

— Alexandre ! Mais qu'est-ce que tu fais là ?

— Je t'expliquerai. Il faut que je te parle ! Je peux entrer ?

— Euh... oui... euh... Là-bas, contre la porte de la grange, il y a une échelle. Prends-la et monte !

* * *

Julien alluma sa lampe de chevet, s'assit sur le bord de son lit et se frotta le visage. Les cheveux tout ébouriffés, il avait encore du mal à réaliser ce qui se passait.

Alexandre pénétra dans la chambre, et lui tendit victorieusement le cahier.

— Regarde ce que j'ai trouvé !

— Louis Pastourel, Mémoires. Louis Pastourel... Le vrai ? Le fameux ?

— Oui ! L'ancêtre de notre prof ! Et c'est lui l'assassin ! C'est lui qui a tué Antoine Faure !

Julien n'en revenait pas :

— Mais où as-tu trouvé ça ?

Alexandre s'assit sur une chaise et commença à lui raconter toute son aventure. Julien l'écoutait attentivement. Il était désormais tout à fait réveillé, et une expression de fascination mêlée d'admiration se dessinait sur son visage au fil du récit de son ami.

— Voilà, et si je suis venu ici, c'est pour mettre ce document en lieu sûr, conclut Alexandre.

Julien se leva et saisit le cahier :

— Et tu as bien fait. Regarde !

Il ouvrit un des tiroirs de son bureau, y rangea le cahier sous une pile de livres et referma le tiroir.

— Et voilà. Il y est, en lieu sûr. Pas plus compliqué que ça !

Il retourna s'asseoir sur son lit et ajouta :

— Dès demain, je le montrerai à mes parents.

— Le montrer à tes parents ? Tu es fou !

— Mais non ! je ne suis pas fou. Maintenant que tu as trouvé ça, il faut bien que les gens apprennent la vérité ! Et ça ne se fera pas tout seul. En tout cas pas en laissant ce cahier moisir au fond d'un tiroir !

— C'est vrai. Mais tu crois que c'est la meilleure solution ?

— Bien sûr ! Écoute, les trois quarts des Faure du village sont nos cousins, proches ou éloignés. Alors, dès que mes parents sauront la vérité, crois-moi, la nouvelle se répandra vite !

— Et fini mes soucis !

— Fini, oui… Enfin… Ne te fais pas trop d'illusions non plus. Je les connais, les gens d'ici. Il faut du temps pour changer les mentalités. Donc, ne t'attends pas à des miracles. Mais ça se fera, petit à petit…

Alexandre jeta un coup d'œil au radio-réveil de son ami : quatre heures dix.

— Bon, dit-il, il y a en tout cas une chose que je ne dois pas faire petit à petit, c'est rentrer chez moi. Dans moins de trois heures, mon père vient me réveiller.

— Aïe ! Ça ne va pas te faire beaucoup de sommeil, ça !

— Tu sais, après tout ce que je viens de vivre, je ne crois pas que je réussirai à dormir de toute façon.

— Si je comprends bien, ton problème c'est que Pastourel doit certainement t'attendre quelque part sur le chemin.

— C'est ça... Et il faut que je trouve une solution. Et vite !

Les deux garçons se mirent à réfléchir.

— Tu ne peux pas couper à travers bois au lieu de prendre le chemin ? dit Julien au bout d'un moment.

— J'y ai pensé. Mais dans le noir, j'aurais peur de me perdre. Et puis... tout seul dans les bois, la nuit, avec quelqu'un qui rôde à mes trousses... Brrr !

— Alors tu n'as qu'à attendre un peu. En cette saison, il commence à faire jour vers six heures et demie. Ça te laisserait juste le temps.

— Oui, mais s'il fait jour, j'ai toutes les chances d'être vu. Ce sera plus dur pour me planquer.

La situation semblait inextricable. Pourtant, il fallait trouver une solution. Épuisé par ses aventures et par le manque de sommeil, Alexandre n'arrivait presque plus à réfléchir. Julien, par contre, redoublait d'efforts. Il regarda son ami et remarqua qu'il était entièrement vêtu de noir.

— Ça y est, dit-il enfin, j'ai une idée. Et je crois que c'est la bonne !

CHAPITRE 25

Alexandre et Julien arrivèrent enfin à l'entrée du long chemin de terre descendant jusqu'à la Bournerie.

— C'est là que les choses sérieuses commencent ! dit Julien.

— Tu es sûr que ça ira ?

— Mais oui, ne t'en fais pas. Et n'oublie pas que je suis un des meilleurs du collège en course à pied. Allez, j'y vais !

— Bonne chance ! dit Alexandre en serrant la main de son ami.

Habillé lui aussi de noir, un grand cahier sous le bras, Julien s'engagea sur le chemin.

Alexandre le regarda s'éloigner dans la nuit. L'idée était vraiment bonne : dans le noir, on ne distinguait qu'une vague silhouette, difficile à identifier. Mais elle était risquée aussi, et Alexandre ne pouvait qu'admirer le courage de son ami.

— Pourvu que ça marche ! se disait-il. Pourvu que Pastourel ne s'aperçoive pas de la supercherie !

Lorsque Julien eut totalement disparu de son champ de vision, Alexandre commença à avancer doucement sur le chemin, regardant sans cesse à droite, à gauche, craignant que son professeur surgisse de l'obscurité.

Il continua à progresser ainsi, s'arrêtant dès que la silhouette de Julien réapparaissait au loin, avançant dès qu'elle disparaissait.

Christian Pastourel ne se manifestait toujours pas. Peut-être en avait-il eu assez d'attendre et était-il rentré chez lui, tout simplement.

Alexandre aborda la dernière partie du chemin, celle qui traversait une épaisse forêt de sapins. Il devait rester à peine trois cents mètres à parcourir. Alexandre s'arrêta et attendit encore une fois que Julien disparaisse pour reprendre sa marche. Ce fut alors qu'un bruit de moteur résonna dans la vallée, accompagné d'une lumière jaune qui s'approchait au loin.

Avant de plonger sur le côté pour se cacher, Alexandre eut le temps d'apercevoir, éclairée par le phare de la moto, la silhouette de Julien qui quittait le chemin pour s'enfuir à travers bois.

Le bruit de moteur cessa rapidement, le phare s'éteignit, et Alexandre n'entendit plus que les bruits d'une course effrénée à travers la forêt. Son cœur battait très fort. Mais ce n'était pas le moment de flancher, car la voie était libre désormais.

Il se releva et se mit à courir sur le chemin. Au bout d'une centaine de mètres, il manqua de trébucher sur la moto de Christian Pastourel, couchée par terre. Mais il reprit sa course de plus belle.

Essoufflé, il franchit enfin le portail de sa maison et se dirigea vers le chêne qu'il escalada pour atteindre la fenêtre de sa chambre.

Il s'écroula sur son lit. Sauvé ! Le plan avait fonctionné à merveille. Julien avait parfaitement joué son rôle de lièvre, se faisant passer pour lui et dégageant ainsi le passage.

Restait à savoir s'il avait réussi à rentrer chez lui sans encombre. Alexandre se leva, alla s'asseoir à son bureau et alluma son ordinateur. Julien devait lui envoyer un e-mail dès son retour.

Il se connecta à Internet, et l'icône indiquant la réception d'un message apparut. C'était sa tante Jeanne qui lui demandait des nouvelles. Il entreprit aussitôt de tout lui raconter. Mais au bout de quelques mots, il se ravisa. Il était trop excité, et préféra attendre d'avoir l'esprit plus reposé pour lui répondre.

D'ailleurs, il était tellement énervé qu'il n'avait toujours pas sommeil. Dehors, le ciel commençait à prendre une teinte bleu foncé. Les premiers rayons du soleil n'allaient pas tarder à apparaître.

— C'est ma première nuit blanche ! se dit-il avec fierté.

Un bip sonore retentit. C'était le réveil de ses parents. Toujours assis derrière son bureau, Alexandre n'avait pas déconnecté l'ordinateur. Il attendait toujours, l'œil rivé sur son écran.

Dans le couloir, des bruits de pas firent craquer le plancher. Alexandre entendit la porte de la salle de bains s'ouvrir, puis le couinement du robinet suivi du clapotis de l'eau dans le lavabo.

Puis ce fut au tour d'un autre bip sonore de retentir. Cette fois, ça venait de l'ordinateur !

« Il y a un message non lu dans votre boîte de réception » put lire Alexandre sur son écran. Il cliqua avec empressement sur l'icône du message en question.

Ce coup-ci, c'était bien Julien !

de : julien.faure@uel.com
à : alexandre.guerini@wanabee.fr
date : 16 avril 2004, 06:19
Objet : Bien rentré !

Ouf ! J'ai réussi à le semer, mais ça a été dur ! J'en ai mis du temps !

Mais bon, je suis bien rentré, et j'espère que toi aussi.

À bientôt.

Julien.

CHAPITRE 26

Alexandre et Julien aperçurent une drôle de petite voiture en forme de brioche, qui se frayait un passage au milieu de la foule.

— Ouais ! J'en ai un ! s'exclama Alexandre en exhibant fièrement le pain aux raisins qu'il venait de saisir au vol. Ça tombe bien, je commençais à avoir faim !

— Fais gaffe, recule ! En voilà une autre !

Une grosse voiture rouge passa devant eux. Sur son toit, un haut-parleur criait :

« Au pied du col du Pas de Peyrol, Richard Virenque possède une minute d'avance sur Axel Merckx, et dix minutes sur le peloton ! »

— Dix minutes d'avance, à soixante-deux kilomètres de l'arrivée. C'est jouable ! s'exclama Julien.

Ils attendirent encore de longues minutes, en regardant passer des voitures estampillées de logos de télévisions, de radios ou de différents sponsors du

Tour de France. Les moteurs forçaient, les véhicules peinaient à grimper. Alexandre et Julien avaient tenu à se placer sur la portion la plus raide du col, là où la pente avoisine les 15 %.

Soudain, ils entendirent une clameur monter.

— Je le vois ! Ça y est, je le vois ! Regarde ! s'exclama Alexandre.

Julien regarda en contrebas, et aperçut une petite tache bleue au milieu de la foule. Au fil des minutes, la clameur s'amplifia, et c'est dans un brouhaha indescriptible qu'ils virent passer Richard Virenque, dressé sur sa machine, avalant la pente à une vitesse incroyable.

— Tu as vu son regard, cette détermination ? dit Julien. C'est sûr, il va gagner l'étape !

Quelques minutes plus tard, ce fut au tour du premier peloton de passer devant eux.

— Regarde, là ! Armstrong !

— Et là, Voeckler, le maillot jaune !

Un deuxième peloton passa peu après. Puis, ce fut au tour de coureurs attardés qui grimpaient en grimaçant, suivis de près par la voiture-balai qui fermait la course.

Alexandre et Julien suivirent alors la foule qui commençait à descendre à pied. Il leur fallut presque une heure de marche pour atteindre la voiture.

— Ça va maman ? demanda Julien en ouvrant la portière. Tu ne t'es pas trop ennuyée ?

— Non, ça va… J'ai bouquiné, fait la sieste, et j'ai écouté la radio.

— Justement, remets-la, la radio !

C'est coincés dans les embouteillages qu'Alexandre et Julien entendirent le commentateur annoncer que Richard Virenque venait de franchir la ligne d'arrivée seul en tête. Ils poussèrent ensemble un long cri de joie.

Après plus de deux heures de route, ils arrivèrent enfin à Montbeyssoux, où madame Faure leur proposa quelques rafraîchissements. En pénétrant dans le salon, Alexandre ne put réprimer un léger pincement au ventre en pensant à l'accueil qu'il y avait reçu lors de sa première visite. Une fois désaltéré, il remercia madame Faure, salua son mari et quitta la maison en compagnie de Julien. Les deux amis se dirent au revoir devant le portail du jardin.

— Bon, Julien, passe de bonnes vacances !

— Toi aussi. Tu ne vas pas trop t'ennuyer, tout seul à la Bournerie ?

— Non. Je vais suivre la fin du Tour de France. Avec les Pyrénées et les Alpes au menu de la dernière semaine, je vais me régaler ! Et puis je vais bouquiner. À la bibliothèque, j'ai emprunté un gros pavé sur la Résistance en Auvergne.

— Tu t'intéresses à la Résistance ?

— Ben… disons que je me suis souvent dit qu'on

avait un peu vécu comme des maquisards, à l'époque où on se voyait en cachette.

— C'est vrai, il y a un peu de ça... Je reviens le 10 août. Tu passeras me voir ?

— Bien sûr... On ne pourrait pas se donner rendez-vous au trou ?

— Ça te manque, hein ?

— Oui. C'est vrai que ça avait un côté excitant de se voir en cachette. Même si je préfère maintenant, quand même !

— C'est d'accord ! On n'a qu'à dire le 10 août à 17 heures, au trou !

Ils se serrèrent la main, et Alexandre enfourcha son vélo pour dévaler la longue descente menant au bourg de Montbeyssoux.

Comme toutes les fins d'après-midi ensoleillées, Stéphane Faure et quelques-uns de ses acolytes végétaient, avachis sur les marches de la mairie, en contemplant leurs scooters. Ils levèrent la main au passage d'Alexandre, qui leur rendit le salut tout en poursuivant son chemin.

Après la sortie du village, il s'arrêta au premier croisement. Celui d'où partait la petite route qu'il avait prise pour contourner Montbeyssoux lors de son expédition nocturne du mois d'avril. Il n'était jamais retourné au hameau de son professeur depuis cette fameuse nuit.

Pourtant, Christian Pastourel avait été beau joueur. Ne voulant pas que les habitants du village apprennent la vérité de la bouche de son élève, il avait décidé de prendre les devants. Dès le lendemain de la visite nocturne d'Alexandre, il avait rédigé un texte dans lequel il expliquait tout et présentait ses excuses au nom de toute la famille Pastourel qui avait caché la vérité depuis si longtemps. Il avait distribué ce texte dans toutes les boîtes aux lettres de la commune de Montbeyssoux.

À la rentrée des vacances de Pâques, il avait longuement expliqué toute cette histoire aux élèves du collège, et insisté sur le fait que les rumeurs concernant les Guérini étaient sans fondement.

Soucieux de laver son honneur et celui de sa famille, il était même allé jusqu'à organiser une exposition sur cette affaire, dans le hall de la mairie de Montbeyssoux, avec l'aide d'Alexandre, bien sûr. Les habitants du village avaient ainsi pu consulter le cahier des mémoires de Louis Pastourel, lire le dossier du procès de Jean-Baptiste Guérini, voir l'arme du crime retrouvée cent vingt ans plus tard, le coffre renfermant les valeurs dérobées à Antoine Faure ainsi qu'une multitude d'autres documents relatifs à cette affaire.

Malgré tout, Christian Pastourel avait préféré quitter Montbeyssoux, désireux de tourner définitivement la page pour refaire sa vie ailleurs. Il avait obtenu sa mutation dans un collège situé à l'autre bout de l'académie, et déménagé à la fin du mois de juin.

Après une longue hésitation, Alexandre osa enfin s'engager sur cette route, et prit de l'élan pour escalader la colline. En haut se dressait la maison de Christian Pastourel, au milieu des hautes herbes et des orties. Les volets étaient clos. Au-dessus de la porte d'entrée était accroché un panneau blanc, sur lequel était inscrit en grosses lettres rouges : « À vendre ». Alexandre descendit de vélo et contempla longuement le triste spectacle qu'offrait cette maison laissée à l'abandon.

Pour éviter de sombrer dans la mélancolie, il redescendit à Montbeyssoux, dont il parcourut les rues un long moment. Il était déjà tard, et ses parents l'attendaient pour dîner.

Mais il continua encore un peu à flâner. Juste pour le plaisir de pouvoir déambuler sans crainte.

DANS LA COLLECTION *Junior*

A mort l'innocent
Écrit par Arthur Ténor
ISBN : 978-2-3500-0143-2

Le Nègre de Nantes
Écrit par Yves Pinguilly
ISBN : 978-2-3500-0169-2

Lilas doit pleurer et les moustiques piquer Jeancri
Écrit par Christophe Léon
ISBN : 978-2-3500-0198-2

Deux copines ont disparu
Écrit par Bertrand Solet
ISBN : 978-2-3500-0199-9

Servais des collines, un aventurier de la Renaissance
Écrit par Anne Percin
ISBN : 978-2-3500-0202-6

Un enfant parfait
Écrit par Catherine Leblanc
ISBN : 978-2-3500-0200-2

DANS LA COLLECTION Cadet *Roman*

Papa, moi... et moi !
Écrit par Alain Royer
Illustré par Joëlle Passeron
ISBN : 978-2-3500-0070-1

Pense aux jours heureux
Écrit par Guy Jimenes
Illustré par Karen Laborie
ISBN : 978-2-3500-0145-6

Lise, ma chérie
Écrit par Véronique Delamarre
ISBN : 978-2-3500-0170-8

Appuie sur la touche étoile
Écrit par Catherine Leblanc
ISBN : 978-2-3500-0180-7

Publié par les éditions Oskarson (Oskar Jeunesse)
21, avenue de la Motte-Picquet – 75007 Paris
Tél. : +33 (0)1 47 05 58 92 / Fax. : + 33 (0)1 44 18 06 41
E-mail : oskar@oskareditions.com
Site Internet : www.oskareditions.com

Auteur : François Librini
Conception graphique, direction artistique : Raphaël Hadid
Illustration de couverture : Aude Samama
Mise en page : David Lanzmann
Coordination éditoriale : Angélique Groslier

ISBN : 978-2-3500-0201-9
Dépôt légal : septembre 2007
Imprimé en Espagne

Loi n° 49-956 du 16 juillet 1949
sur les publications destinées à la jeunesse